浮世烟酒茶，
人生谈笑间

汪曾祺　梁实秋 等著

光明日报出版社

图书在版编目（CIP）数据

浮世烟酒茶，人生谈笑间 / 汪曾祺等著. -- 北京：光明日报出版社, 2024.1
ISBN 978-7-5194-7730-1

Ⅰ.①浮… Ⅱ.①汪… Ⅲ.①散文集－中国－现代②散文集－中国－当代 Ⅳ.①I266

中国国家版本馆CIP数据核字(2024)第004037号

浮世烟酒茶，人生谈笑间
fu shi yan jiu cha, rensheng tan xiao jian

著　　者：汪曾祺　梁实秋　等	
责任编辑：郭玟君	策　划：崔付建　秦国娟　朱　莹
封面设计：鸿儒文轩·末末美书	责任校对：房　蓉
责任印制：曹　诤	

出版发行：光明日报出版社
地　　址：北京市西城区永安路106号，100050
电　　话：010-63169890（咨询），010-63131930（邮购）
传　　真：010-63131930
网　　址：http://book.gmw.cn
E － mail：gmrbcbs@gmw.cn
法律顾问：北京市兰台律师事务所龚柳方律师
印　　刷：三河市华东印刷有限公司
装　　订：三河市华东印刷有限公司
本书如有破损、缺页、装订错误，请与本社联系调换，电话：010-67019571
开　　本：145mm×210mm　　印　张：7.5
字　　数：126千字
版　　次：2024年1月第1版
印　　次：2024年1月第1次印刷
书　　号：ISBN 978-7-5194-7730-1
定　　价：46.00元

版权所有　翻印必究

目录

一 偷闲半日吃茶去

喝　茶	周作人	002
关于苦茶	周作人	007
喝　茶	鲁　迅	012
寻常茶话	汪曾祺	015
喝　茶	梁实秋	023
喝　茶	金受申	028
茶　话	周瘦鹃	038

二 茶馆内外，世味人情

泡茶馆	汪曾祺	… 044
上海的茶楼	郁达夫	… 056
陆羽茶山寺	曹聚仁	… 061
茶　馆	缪崇群	… 069
茶　馆	金受申	… 076
茶坊哲学	范烟桥	… 092
碗底有沧桑	张恨水	… 097

三 酒饮微醺,乐陶陶

谈 酒	周作人 … 102
吃酒的本领	周作人 … 107
饮 酒	梁实秋 … 109
说 酒	梁实秋 … 114
新年醉话	老 舍 … 118
酒与水	王统照 … 122

四 故事就酒，滔滔三日

谈劝酒	周作人 … 126
鉴湖、绍兴老酒	曹聚仁 … 134
破　晓	梁遇春 … 142
微醉之后	石评梅 … 148
醉　后	庐　隐 … 153
酒——献给亡母的	缪崇群 … 159

五 闲坐闲谈，闲话香烟

谈抽烟	朱自清	184
吸　烟	梁实秋	187
烟　赋	汪曾祺	192
烟　卷	朱　湘	203
吸烟与文化（牛津）	徐志摩	214
抽　烟	金受申	219

一　偷闲半日吃茶去

喝　茶

周作人

前回徐志摩先生在平民中学讲"吃茶",——并不是胡适之先生所说的"吃讲茶",——我没有工夫去听,又可惜没有见到他精心结构的讲稿,但我推想他是在讲日本的"茶道"(英文译作Teaism),而且一定说的很好。茶道的意思,用平凡的话来说,可以称作"忙里偷闲,苦中作乐",在不完全的现世享乐一点美与和谐,在刹那间体会永久,是日本之"象征的文化"里的一种代表艺术。关于这一件事,徐先生一定已有透彻巧妙的解说,不必再来多嘴,我现在所想说的,只是我个人的很平常的喝茶罢了。

喝茶以绿茶为正宗。红茶已经没有什么意味,何况又加糖——与牛奶?葛辛(George Gissing)的《草堂随笔》(*Private Papers of Henry Ryecroft*)确是很有趣味的书,但冬之卷里说及饮茶,以为英国家庭里下午的红茶与黄油面包是一日中最大的乐事,支那饮茶已历千百年,未必能领略此种乐趣与实益的万分之一,则我殊不以为然。红茶带"土斯"未始不可吃,但这只是当饭,在肚饥时食之而已。我的所谓喝茶,却是在喝清茶,在赏鉴其色与香与味,意未必在止渴,自然更不在果腹了。中国古昔曾吃过煎茶及抹茶,现在所用的都是泡茶,冈仓觉三在《茶之书》(*Book of Tea*,1919)里很巧妙的称之曰"自然主义的茶",所以我们所重的即在这自然之妙味。中国人上茶馆去,左一碗右一碗的喝了半天,好像是刚从沙漠里回来的样子,颇合于我的喝茶的意思(听说闽粤有所谓吃工夫茶者自然也有道理),只可惜近来太是洋场化,失了本意,其结果成为饭馆子之流,只在乡村间还保存一点古风,唯是屋宇器具简陋万分,或者但可称为颇有喝茶之意,而未可许为已得喝茶之道也。

喝茶当于瓦屋纸窗之下,清泉绿茶,用素雅的陶瓷茶具,同二三人共饮,得半日之闲,可抵十年的尘梦。喝茶之后,再去继续修各人的胜业,无论为名为利,都无不可,但偶然的片刻优游乃正亦断不可少,中国喝茶时多吃瓜子,我觉得不很适宜,喝茶时可吃的东西应当是轻淡的"茶食"。中国的茶食却变了"满汉馍馍",其性质与"阿阿兜"相差无几,不是喝茶时所吃的东西了。日本的点心虽是豆米的成品,但那优雅的形色,朴素的味道,很合于茶食的资格,如各色的"羊羹"(据上田恭辅氏考据,说是出于中国唐时的羊肝饼),尤有特殊的风味。江南茶馆中有一种"干丝",用豆腐干切成细丝,加姜丝酱油,重汤炖热,上浇麻油,出以供客,其利益为"堂倌"所独有。豆腐干中本有一种"茶干",今变而为丝,亦颇与茶相宜。在南京时常食此品,据云有某寺方丈所制为最,虽也曾尝试,却已忘记,所记得者乃只是下关的江天阁而已。学生们的习惯,平常"干丝"既出,大抵不即食,等到麻油再加,开水重换之后,始行举箸,最为合适。因为一到即罄,次碗继至,不遑应酬,否则麻油三浇,旋即撤去,怒形于色,未免使客不欢而散,茶意都消了。

吾乡昌安门外有一处地方,名三脚桥(实在并无三脚,乃是三出,园以一桥而跨三叉的河上也),其地有豆腐店曰周德和者,制茶干最有名。寻常的豆腐干方约寸半,厚三分,值钱二文。周德和的价值相同，小而且薄，几及一半，黝黑坚实，如紫檀片。我家距三脚桥有步行两小时的路程，故殊不易得，但能吃到油炸者而已。每天有人挑担设炉镬，沿街叫卖，其词曰：

辣酱辣，

麻油炸，

红酱搨，

辣酱拓：

周德和格五番油炸豆腐干。

其制法如所述，以竹丝插其末端，每枚值三文。豆腐干大小如周德和，而甚柔软，大约系常品。唯经过这样烹调，虽然不是茶食之一，却也不失为一种好豆食。——豆腐的确也是极好的佳妙的食品，可以有种种的变化，唯在西洋不会被领解，正如茶一般。

日本用茶淘饭，名曰"茶渍"，以腌菜及"泽庵"（即福建的黄土萝卜，日本泽庵法师始传此法，盖从中国传去）等为佐，很有清淡而甘香的风味。中国人未尝不这样吃，唯其原因，非由穷困即为节省，殆少有故意往清茶淡饭中寻其固有之味者，此所以为可惜也。

十三年十二月。

关于苦茶

周作人

去年春天偶然做了两首打油诗，不意在上海引起了一点风波，大约可以与今年所谓中国本位的文化宣言相比，不过有这差别，前者大家以为是亡国之音，后者则是国家将兴必有祯祥罢了。此外也有人把打油诗拿来当做历史传记读，如字的加以检讨，或者说玩古董那必然有些钟鼎书画吧，或者又相信我专喜谈鬼，差不多是蒲留仙一流人。这些看法都并无什么用意，也于名誉无损，用不着声明更正，不过与事实相远这一节总是可以奉告的。其次有一件相像的事，但是却颇愉快的，一位友人因为记起吃苦茶的那句话，顺便买了一包特种的茶叶拿来送我。这是我很熟的一个朋友，我感谢他的好意，可是这茶实在太苦，我终于没有能够多吃。

据朋友说这叫做苦丁茶。我去查书，只在日本书上查到一点，云系山茶科的常绿灌木，干粗，叶亦大，长至三四寸，晚秋叶腋开白花，自生山地间，日本名曰唐茶（Tocha），一名龟甲茶，汉名皋芦，亦云苦丁。赵学敏《本草拾遗》卷六云：

"角刺茶，出徽州。土人二三月采茶时兼采十大功劳叶，俗名老鼠刺，叶曰苦丁，和匀同炒，焙成茶，货与尼庵，转售富家妇女，云妇人服之终身不孕，为断产第一妙药也。每斤银八钱。"按十大功劳与老鼠刺均系五加皮树的别名，属于五加科，又是落叶灌木，虽亦有苦丁之名，可以制茶，似与上文所说不是一物，况且友人也不说这茶喝了可以节育的。再查类书关于皋芦却有几条，《广州记》云：

"皋芦，茗之别名，叶大而涩，南人以为饮。"

又《茶经》有类似的话云：

"南方有瓜芦木，亦似茗，至苦涩，取为屑茶饮亦可通夜不眠。"

《南越志》则云：

"茗苦涩，亦谓之过罗。"此木盖出于南方，不见经传，皋芦云云本系土俗名，各书记录其音耳。但这是怎样的一种植物呢，书上都未说及，我只好从茶壶里去拿出一片叶子来，仿佛制腊叶似的弄得干燥平直了，仔细看时，我认得这乃是故乡常种的一种坟头树，方言称作枸朴树的就是，叶长二寸，宽一寸二分，边有细锯齿，其形状的确有点像龟壳。原来这可以泡茶吃的，虽然味太苦涩，不但我不能多吃，便是且将就斋主人也只喝了两口，要求泡别的茶吃了。但是我很觉得有兴趣，不知道在白菊花以外还有些什么叶子可以当茶？《毛诗草木鸟兽虫鱼疏》"山有栲"一条下云：

"山樗生山中，与下田樗大略无异，叶似差狭耳，吴人以其叶为茗。"

《五杂俎》卷十一云：

"以绿豆微炒，投沸汤中倾之，其色正绿，香味亦不减新茗，宿村中觅茗不得者可以此代。"此与现今炒黑豆作咖啡正是一样。

又云：

"北方柳芽初茁者采之入汤，云其味胜茶。曲阜孔林楷木其芽可烹。闽中佛手柑橄榄为汤，饮之清香，色味亦旗枪之亚也。"

卷十记孔林楷木条下云：

"其芽香苦，可烹以代茗，亦可干而茹之，即俗云黄连头。"

孔林吾未得瞻仰，不知楷木为何如树，惟黄连头则少时尝茹之，且颇喜欢吃，以为有福建橄榄豉之风味也。关于以木芽代茶，《湖雅》卷二亦有二则云：

"桑芽茶，案山中有木俗名新桑荑，采嫩芽可代茗，非蚕所食之桑也。"

"柳芽条，案柳芽亦采以代茗，嫩碧可爱，有色而五香味。"汪谢城此处所说与谢在杭不同，但不佞却有点左袒汪君，因为其味胜茶的说法觉得不大靠得住也。

许多东西都可以代茶，咖啡等洋货还在其外，可是我只感到好玩，有这些花样，至于我自己还只觉得茶好，而且茶也以绿的为限，红茶以至香片嫌其近于咖啡，这也别无多大道理，单因为从小在家里吃惯本山茶叶耳。口渴了要喝水，水里照例泡进茶叶去，吃惯了就成了规矩，如此而已。对于茶有什么特别了解，赏识，哲学或主义么？这未必然。一定喜欢苦茶，非苦的不喝么？这也未必然。那么为什么诗里那么说，为什么又叫做庵名，岂不是假话么？那也未必然。今世虽不出家亦不打诳语。必要说明，还是去小学上找罢。吾友沈兼士先生有诗为证，题曰《又和一首自调》，此系后半首也：

> 端透于今变澄澈
> 鱼模自古读歌麻
> 眼前一例君须记
> 茶苦原来即苦茶

二十四年二月。

喝 茶

鲁 迅

某公司又在廉价了,去买了二两好茶叶,每两洋二角。开首泡了一壶,怕它冷得快,用棉袄包起来,却不料郑重其事的来喝的时候,味道竟和我一向喝着的粗茶差不多,颜色也很重浊。

我知道这是自己错误了,喝好茶,是要用盖碗的,于是用盖碗。果然,泡了之后,色清而味甘,微香而小苦,确是好茶叶。但这是须在静坐无为的时候的,当我正写着《吃教》的中途,拉来一喝,那好味道竟又不知不觉的滑过去,像喝着粗茶一样了。

有好茶喝，会喝好茶，是一种"清福"。不过要享这"清福"，首先就须有工夫，其次是练习出来的特别的感觉。由这一极琐屑的经验，我想，假使是一个使用筋力的工人，在喉干欲裂的时候，那么，即使给他龙井芽茶，珠兰窨片，恐怕他喝起来也未必觉得和热水有什么大区别罢。所谓"秋思"，其实也是这样的，骚人墨客，会觉得什么"悲哉秋之为气也"，风雨阴晴，都给他一种刺戟，一方面也就是一种"清福"，但在老农，却只知道每年的此际，就要割稻而已。

于是有人以为这种细腻锐敏的感觉，当然不属于粗人，这是上等人的牌号。然而我恐怕也正是这牌号就要倒闭的先声。我们有痛觉，一方面是使我们受苦的，而一方面也使我们能够自卫。假如没有，则即使背上被人刺了一尖刀，也将茫无知觉，直到血尽倒地，自己还不明白为什么倒地。但这痛觉如果细腻锐敏起来呢，则不但衣服上有一根小刺就觉得，连衣服上的接缝，线结，布毛都要觉得，倘不穿"无缝天衣"，他便要终日如芒刺在身，活不下去了。但假装锐敏的，自然不在此例。

感觉的细腻和锐敏，较之麻木，那当然算是进步的，然而以有助于生命的进化为限。如果不相干，甚而至于有碍，那就是进化中的病态，不久就要收梢。我们试将享清福，抱秋心的雅人，和破衣粗食的粗人一比较，就明白究竟是谁活得下去。喝过茶，望着秋天，我于是想：不识好茶，没有秋思，倒也罢了。

九月三十日。

寻常茶话

汪曾祺

袁鹰编《清风集》约稿。

我对茶实在是个外行。茶是喝的,而且喝得很勤,一天换三次叶子。每天起来第一件事,便是坐水,沏茶。但是毫不讲究。对茶叶不挑剔。青茶、绿茶、花茶、红茶、沱茶、乌龙茶,但有便喝。茶叶多是别人送的,喝完了一筒,再开一筒,喝完了碧螺春,第二天就可以喝蟹爪水仙。但是不论什么茶,总得是好一点的。太次的茶叶,便只好留着煮茶叶蛋。《北京人》里的江泰认为喝茶只是"止渴生津利小便",我以为还有一种功能,是：提神。《陶庵梦忆》记闵老子茶，说得神乎其神。我则有点像董日铸，以为"浓、热、满三字尽茶理"。我不喜欢喝太烫的茶，沏茶也不爱满杯。我的家乡认为客人斟茶斟酒"酒要满，茶要浅"，茶斟得太满是对客人不敬，甚至是骂人。于是就只剩下一个字：浓。我喝茶是喝得很酽的。曾在机关开会，有女同志尝了我的一口茶，说是"跟药一样"。因此，写不出关于茶的文章。要写，也只是些平平常常的话。

我读小学五年级那年暑假，我的祖父不知怎么忽然高了兴，要教我读书。"穿堂"的左侧有两间空屋。里间是佛堂，挂了一幅丁云鹏画的佛像，佛的袈裟是红的。佛像下，是一尊乌斯藏铜佛。我的祖母每天早晚来烧一炷香。外间本是个贮藏室，房梁上挂着干菜，干的粽叶。靠墙有一缸"臭卤"，面筋、百叶、笋头、苋菜秸都放在里面臭。临窗设一方桌，便是我的书桌。祖父每天早晨来讲《论语》一章，剩下的时间由我自己写大小字各一张。大字写《圭峰碑》，小字写《闲邪公家传》，都是祖父从他的藏帖里拿来给我的。隔日作文一篇。还不是正式的八股，是一种叫做"义"的文体，只是解释《论语》的内容。题目是祖父出的。我共做了多少篇"义"，已经不记得了。只记得有一题是"孟子反不伐义"。

祖父生活俭省，喝茶却颇考究。他是喝龙井的，泡在一个深栗色的扁肚子的宜兴砂壶里，用一个细瓷小杯倒出来喝。他喝茶喝得很酽，一次要放多半壶茶叶。喝得很慢，喝一口，还得回味一下。

他看看我的字，我的"义"，有时会另拿一个杯子，让我喝一杯他的茶。真香。从此我知道龙井好喝，我的喝茶浓酽，跟小时候的熏陶也有点关系。

后来我到了外面，有时喝到龙井茶，会想起我的祖父，想起孟子反。

我的家乡有"喝早茶"的习惯，或者叫做"上茶馆"。上茶馆其实是吃点心、包子、蒸饺、烧卖、千层糕……茶自然是要喝的。在点心未端来之前，先上一碗干丝。我们那里原先没有煮干丝，只有烫干丝。干丝在一个敞口的碗里堆成塔状，临吃，堂倌把装在一个茶杯里的作料——酱油、醋、麻油浇入。喝热茶、吃干丝，一绝！

抗日战争时期，我在昆明住了七年，几乎天天泡茶馆。"泡茶馆"是西南联大学生特有的说法。本地人叫做"坐茶馆"，"坐"，本有消磨时间的意思，"泡"则更胜一筹。这是从北京带过去的一个字。"泡"者，长时间地沉溺其中也，与"穷泡""泡蘑菇"的"泡"是同一语源。联大学生在茶馆里往往一泡就是半天。干什么的都有。聊天、看书、写文章。有一位教授在茶馆里读梵文。有一位研究生，可称泡茶馆的冠军。此人姓陆，是一怪人。他曾经徒步旅行了半个中国，读书甚多，而无所著述，不爱说话。他简直是"长"在茶馆里。上午、下午、晚上，要一杯茶，独自坐着看书。他连漱洗用具都放在一家茶馆里，一起来就到茶馆里洗脸刷牙。听说他后来流落四川，穷困潦倒而死，悲夫！

昆明茶馆里卖的都是青茶，茶叶不分等次，泡在盖碗里。文林街后来开了家"摩登"茶馆，用玻璃杯卖绿茶、红茶——滇红、滇绿。滇绿色如生青豆，滇红色似"中国红"葡萄酒，茶叶都很厚。滇红尤其经泡，三开之后，还有茶色。我觉得滇红比祁（门）红、英（德）红都好，这也许是我的偏见。当然比斯里兰卡的"利普顿"要差一些——有人喝不来"利普顿"，说是味道很怪。人之好恶，不能勉强。我在昆明喝过大烤茶。把茶叶放在粗陶的烤茶罐里，放在炭火上烤得半焦，倾入滚水，茶香扑人。几年前在大理街头看到有烤茶缸卖，犹豫一下，没有买。买了，放在煤气灶上烤，也不会有那样的味道。

一九四六年冬，开明书店在绿杨村请客。饭后，我们到巴金先生家喝工夫茶。几个人围着浅黄色的老式圆桌,看陈蕴珍(萧珊)"表演"濯器、炽炭、注水、淋壶、筛茶。每人喝了三小杯。我第一次喝工夫茶,印象深刻。这茶太酽了,只能喝三小杯。在座的除巴先生夫妇,有靳以、黄裳。一转眼,四十三年了。靳以、萧珊都不在了。巴老衰病,大概也没有喝一次工夫茶的兴致了。那套紫砂茶具大概也不在了。

我在杭州喝过一杯好茶。

一九四七年春,我和几个在一个中学教书的同事到杭州去玩。除了"西湖景",使我难忘的两样方物,一是醋鱼带把。所谓"带把",是把活草鱼脊肉剔下来,快刀切为薄片,其薄如纸,浇上好秋油,生吃。鱼肉发甜,鲜脆无比。我想这就是中国古代的"切脍"。一是在虎跑喝的一杯龙井。真正的狮峰龙井雨前新芽,每蕾皆一旗一枪,泡在玻璃杯里,茶叶皆直立不倒,载浮载沉,茶色颇淡,但入口香浓,直透肺腑,真是好茶!只是太贵了。一杯茶,一块大洋,比吃一顿饭还贵。狮峰茶名不虚,但不得虎跑水不可能有这样的味道。我自此才知道,喝茶,水是至关重要的。

我喝过的好水有昆明的黑龙潭泉水。骑马到黑龙潭,疾驰之后,下马到茶馆里喝一杯泉水泡的茶,真是过瘾。泉就在茶馆檐外地面，一个正方的小池子，看得见泉水咕嘟咕嘟往上冒。井冈山的水也很好，水清而滑。有的水是"滑"的，"温泉水滑洗凝脂"并非虚语。井冈山水洗被单，越洗越白；以泡"狗古脑"茶，色味俱发，不知道水里含了什么物质。天下第一泉、第二泉的水，我没有喝出什么道理。济南号称泉城，但泉水只能供观赏，以泡茶，不觉得有什么特点。

有些地方的水真不好。比如盐城。盐城真是"盐城"，水是咸的。中产以上人家都吃"天落水"。下雨天，在天井上方张了布幕，以接雨水，存在缸里，备烹茶用。最不好吃的水是菏泽。菏泽牡丹甲天下，因为菏泽土中含碱，牡丹喜碱性土。我们到菏泽看牡丹，牡丹极好，但是茶没法喝。不论是青茶、绿茶，沏出来一会儿就变成红茶了，颜色深如酱油，入口咸涩。由菏泽往梁山，住进招待所后，第一件事便是赶紧用不带碱味的甜水沏一杯茶。

老北京早起都要喝茶，得把茶喝"通"了，这一天才舒服。无论贫富，皆如此。一九四八年我在午门历史博物馆工作。馆里有几位看守员，岁数都很大了。他们上班后，都是先把带来的窝头片在炉盘上烤上，然后轮流用水汆坐水沏茶。茶喝足了，才到午门城楼的展览室里去坐着。他们喝的都是花茶。北京人爱喝花茶，以为只有花茶才算是茶（很多人把茉莉花叫做"茶叶花"）。我不太喜欢花茶，但好的花茶例外，比如老舍先生家的花茶。

老舍先生一天离不开茶。他到莫斯科开会，苏联人知道中国人爱喝茶，倒是特意给他预备了一个热水壶。可是，他刚沏了一杯茶，还没喝几口，一转脸，服务员就给倒了。老舍先生很愤慨地说："他妈的！他不知道中国人喝茶是一天喝到晚的！"一天喝茶喝到晚，也许只有中国人如此。外国人喝茶都是论"顿"的，难怪那位服务员看到多半杯茶放在那里，以为老先生已经喝完了，不要了。

龚定庵以为碧螺春天下第一。我曾在苏州东山的"雕花楼"喝过一次新采的碧螺春。"雕花楼"原是一个华侨富商的住宅，楼是进口的硬木造的，到处都雕了花，八仙庆寿、福禄寿三星、龙、凤、牡丹……真是集恶俗之大成。但碧螺春真是好。不过茶是泡在大碗里的，我觉得这有点煞风景。后来问陆文夫，文夫说碧螺春就是讲究用大碗喝的。茶极细，器极粗，亦怪！

在湖南桃源喝过一次擂茶。茶叶、老姜、芝麻、米、加盐放在一个擂钵里，用硬木的擂棒"擂"成细末，用开水冲开，便是擂茶。我在《湘行二记》中对擂茶有较详细的叙述，为省篇幅，不再抄引。

　　茶可入馔，制为食品。杭州有龙井虾仁，想不恶。裘盛戎曾用龙井茶包饺子，可谓别出心裁。日本有茶粥。《俳人的食物》说俳人小聚，食物极简单，但"惟茶粥一品，万不可少"。茶粥是啥样的呢？我曾用粗茶叶煎汁，加大米熬粥，自以为这便是"茶粥"了。有一阵子，我每天早起喝我所发明的茶粥，自以为很好喝。四川的樟茶鸭子乃以柏树枝、樟树叶及茶叶为熏料，吃起来有茶香而无茶味。曾吃过一块龙井茶心的巧克力，这简直是恶作剧！用上海人的话说：巧克力与龙井茶实在完全"弗搭界"。

一九八九年九月十六日

喝 茶

梁实秋

我不善品茶，不通茶经，更不懂什么茶道，从无两腋之下习习生风的经验。但是，数十年来，喝过不少茶，北平的双窨、天津的大叶、西湖的龙井、六安的瓜片、四川的沱茶、云南的普洱、洞庭湖的君山茶、武夷山的岩茶，甚至不登大雅之堂的茶叶梗与满天星随壶净的高末儿，都尝试过。茶是我们中国人的饮料，口干解渴，唯茶是尚。茶字，形近于荼，声近于槚，来源甚古，流传海外，凡是有中国人的地方就有茶。人无贵贱，谁都有份，上焉者细啜名种，下焉者牛饮茶汤，甚至路边埂畔还有人奉茶。北人早起，路上相逢，辄问讯："喝茶未？"茶是开门七件事之一，乃人生必需品。

孩提时，屋里有一把大茶壶，坐在一个有棉衬垫的藤箱里，相当保温，要喝茶自己斟。我们用的是绿豆碗，这种碗大号的是饭碗，小号的是茶碗，做绿豆色，粗糙耐用，当然和宋瓷不能比，和江西瓷不能比，和洋瓷也不能比，可是有一股朴实厚重的风貌，现在这种碗早已绝迹，我很怀念。这种碗打破了不值几文钱，脑勺子上也不至于挨巴掌。银托白瓷小盖碗是祖父母专用的，我们看着并不羡慕。看那小小的一盏，两口就喝光，泡两三回就得换茶叶，多麻烦。如今盖碗很少见了，除非是到"故宫博物院"拜会蒋院长，他那大客厅里总是会端出盖碗茶敬客。再不就是在电视剧中也常看见有盖碗茶，可是演员一手执盖一手执碗缩着脖子啜茶那副狼狈相，令人发噱，因为他不知道喝盖碗茶应该是怎样的喝法。他平素自己喝茶大概一直是用玻璃杯、保温杯之类。如今，我们此地见到的盖碗，多半是近年来本地制造的"万寿无疆"的那种样式，瓷厚了一些；日本制的盖碗，样式微有不同，总觉得有些怪怪的。近期有人回大陆，顺便探视我的旧居，带来我三十多年前天天使用的一只瓷盖碗，原是十二套，只剩此一套了，碗沿还有一点磕损，睹此旧物，勾起往日的心情，不禁黯然。盖碗究竟是最好的茶具。

茶叶品种繁多，各有擅场。有友来自徽州，同学清华，徽州产茶胜地，但是他看到我用一撮茶叶放在壶里沏茶，表示惊讶，因为他只知道茶叶是烘干打包捆载上船沿江运到沪杭求售，剩下来的茶梗才是家人饮用之物。恰如北人所谓"卖席的睡凉炕"。我平素喝茶，不是香片就是龙井，多次到大栅栏东鸿记或西鸿记去买茶叶，在柜台前面一站，徒弟搬来凳子让坐，看伙计称茶叶，分成若干小包，包得见棱见角，那份手艺只有药铺伙计可以媲美。茉莉花窨过的茶叶，临卖的时候再抓一把鲜茉莉花放在表面上，所以叫作双窨。于是茶店里经常是茶香花香，郁郁菲菲。父执有名玉贵者，旗人，精于饮馔，居恒以一半香片一半龙井混合沏之，有香片之浓馥，兼龙井之苦清。吾家效而行之，无不称善。茶以人名，乃径呼此茶为"玉贵"，私家秘传，外人无由得知。

其实，清茶最为风雅。抗战前造访知堂老人于苦茶庵，主客相对总是有清茶一盅，淡淡的、涩涩的、绿绿的。我曾屡侍先君游西子湖，从不忘记品尝当地的龙井，不需要攀登南高峰风篁岭，近处平湖秋月就有上好的龙井茶，开水现冲，风味绝佳。茶后进藕粉一碗，四美具矣。正是"穿牖而来，夏日清风冬日日；卷帘相见，前山明月后山山"（骆成骧联）。有朋自六安来，贻我瓜片少许，叶大而绿，饮之有荒野的气息扑鼻。其中西瓜茶一种，真有西瓜风味。我曾过洞庭，舟泊岳阳楼下，购得君山茶一盒。沸水沏之，每片茶叶均如针状直立漂浮，良久始舒展下沉，味品清香不俗。

初来台湾，粗茶淡饭，颇想倾阮囊之所有在饮茶一端偶作豪华之享受。一日过某茶店，索上好龙井，店主将我上下打量，取八元一斤之茶叶以应，余示不满，乃更以十二元者奉上，余仍不满，店主勃然色变，厉声曰："买东西，看货色，不能专以价钱定上下。提高价格，自欺欺人耳！先生奈何不察？"我爱其憨直。现在此茶店门庭若市，已成为业中之翘楚。此后，我饮茶，但论品味，不问价钱。

茶之以浓酽胜者莫过于工夫茶。《潮嘉风月记》说工夫茶要细炭初沸连壶带碗泼浇，斟而细呷之，气味芳烈，较嚼梅花更为清绝。我没嚼过梅花，不过我旅居青岛时有一位潮州澄海朋友，每次聚饮酕醄，辄相偕走访一潮州帮巨商于其店肆。肆后有密室，烟具、茶具均极考究，小壶、小盅有如玩具。更有娈婉卯童伺候煮茶、烧烟，因此经常饱吃工夫茶，诸如铁观音、大红袍，吃了之后还携带几匣回家。不知是否故弄玄虚，谓炉火与茶具相距以七步为度，沸水之温度方合标准。举小盅而饮之，若饮罢径自返盅于盘，则主人不悦，须举盅至鼻头猛嗅两下。这茶最有解酒之功，如嚼橄榄，舌根微涩，数巡之后，好像是越喝越渴，欲罢不能。喝工夫茶，要有工夫，细呷细品，要有设备，要人服侍，如今乱糟糟的社会里谁有那么多的工夫？红泥小火炉哪里去找？伺候茶汤的人更无论矣。普洱茶，漆黑一团，据说也有绿色者，泡烹出来黑不溜秋，粤人喜之。在北平，我只在正阳楼看人吃烤肉，吃得口滑肚子膨脖不得动弹，才高呼堂倌泡普洱茶。四川的沱茶亦不恶，唯一般茶馆应市者非上品。台湾的乌龙名震中外，大量生产，佳者不易得。处处标榜冻顶，事实上哪里有那么多的冻顶？

喝茶，喝好茶，往事如烟。提起喝茶的艺术，现在好像谈不到了，不提也罢。

喝　茶

金受申

品茶与饮茶

茶道在中国已有千年以上的历史，向来以"品茶"和"饮茶"分为不同的"茶道"。陆羽《茶经》，即谈的是品茶。换句话说，即是欣赏茶的味道、水的佳劣、茶具的好坏（日本人最重此点），以为消遣时光的风雅之举。善于品茶，要讲究五个方面：第一须备有许多茶壶茶杯。壶如酒壶，杯如酒杯，只求尝试其味，借以观赏环境物事的，如清风、明月、松吟、竹韵、梅开、雪霁……并不在求解渴，所以茶具宜小。第二须讲蓄水。什么是惠山泉水，哪个是扬子江心水，还有初次雪水，梅花上雪水，三伏雨水……何种须现汲现饮，何种须蓄之隔年，何种须埋藏地下，何种必须摇动，何种切忌摇动，都有一定的道理。第三须讲茶叶。何谓"旗"，何谓"枪"，何种须"明前"，何种须"雨前"，何地产名茶，都蓄之在心，藏之在箧，遇有哪种环境，应以哪种水烹哪种茶，都是一毫不爽的。至于所谓"红绿花茶"，"西湖龙井"之类，只是平庸的俗品，尤以"茉莉双窨"，是被品茶者嗤之以鼻的。第四须讲烹茶煮水的功夫。何种火候一丝不许稍差。大致是："一煮如蟹眼"，指其水面生泡而言，"二煮如松涛"，指其水沸之声而言。水不及沸不能饮，太沸失其水味、败其茶香，亦不能饮。至于哪种水用哪种柴来烧，也是有相当研究的。第五须讲品茶的功夫。茶初品尝，即知其为某种茶叶，再则闭目仔细品尝，即知其水质高下，且以名茶赏名景，然后茶道尚矣！

至于饮茶者流，乃吾辈忙人解渴之谓也。尤以北方君子，茶具不厌其大，壶盛十斗，碗可盛饭，煮水必令大沸，提壶浇地听其声有"噗"音，方认为是开水。茶叶则求其有色、味苦，稍进焉者，不过求其有鲜茉莉花而已。如在夏日能饮龙井，已为大佳，谓之"能败火"。更有以龙井茶加茉莉花者，以"龙睛鱼"之名加之，谓之"花红龙井"，是真天下之大噱头也。至于沏茶功夫，以极沸之水烹茶犹恐不及，必高举水壶直注茶叶，谓不如是则茶叶不开。既而斟入碗中，视其色淡如也，又必倾入壶中，谓之"砸一砸"。更有专饮"高碎"、"高末"者流，即喝不起茶叶，喝生碎茶叶和茶叶末。有的人还有一种论调，吃不必适口而必充肠之食，必须要酽茶，将"高碎"置于壶，蔗糖置于碗，循序饮之，谓之"能消食"。

还有一种介于品茶与饮茶之间的，若说是品茶，又蠢然无高雅思想，黯然无欣赏情绪。若说是饮茶，而其大前提并不为解渴，而且对于茶叶的佳劣，辨别得非常清楚，认识得非常明确，尤其是价钱更了如指掌，这就是茶叶铺的掌柜或大伙计。

每逢茶庄有新的茶样到来，必于柜台上罗列许多饭碗，碗中放茶叶货样少许，每碗旁并放与碗中相同的茶样于纸上，以资对照与识别。然后向碗中注沸水，俟茶叶泡开，茶色泡透，凡本柜自认为能辨别佳劣的人物，都负手踱至柜前，俯身就碗，仔细品尝。舌吸唇击，啧啧有声。其谱儿大者又多吸而唾于地上，谓之"尝货样"。大铺尝货样多在后柜，小铺多在前柜，实在是有意在顾主面前炫耀一番。

北京的水

　　北京人喝茶，对于水虽不讲究，而实亦顾及此点。早年北京没洋井及自来水（北京第一个洋井，说者虽皆以耳闻目见为说，实仍以十二条西口刘家洋井为最早最佳，主人刘五，山东人，能画马，而隐于商贩），普通井水，虽不是土井，是砖井，仍以苦水为最多，那时八旗军家，四季发米，全是老米（俸米是白米），煮老米饭，应以使苦水为香越，所以苦水也为人所重视。做菜做汤，有时用甜水或"二性子"水，洗衣涤器浇花，则以二性子水为主，至于烹茶，才用甜水。够不上甜水井，家道又贫寒的人家，也以二性子代甜水。早年北京井水，因汲浚不深，所以成为苦水，水苦涩有碱性，昔年最多。二性子水较苦水稍佳，介于甜苦之间，井数较苦水井为少。甜水井最少，甜水井固然是汲淘深的缘故，实也因地当适有佳泉。笔者曾饮"上龙"井水，上龙为昔日有名甜水之一，尚不如洋井之深，然甘冽过之，可见为地有佳泉之故。

　　早年挑水的山东人，聚处为"井窝子"，能得一二性子水,已能发财,人家向备两缸,一贮苦水,一贮二性子,中等人家,则另备一小坛,以贮甜水,大家则摒弃苦水不要。挑水的有专挑某种水的,有兼挑两三种水的,其专挑甜水的,则为水夫中翘楚。以前宫中例用玉泉山水,其有茶癖的,或和黄龙包袱水车夫交友,或许以金钱,以期得偶然盗用少许御水,但仍须在预定地点相候,有时且要迎出城老远的去。有的和玉泉山当差人员相识,可以取用一些。其各府第,自以水车每日向各甜水井拉水。"大甜水井"一处,每日可卖水费五十三两整宝一个。那时北京有一俗谚是"南城茶叶北城水",所谓北城,盖指安定门外而言。安定门外甜水甚多,当是地脉所关,以"上龙""下龙"二处为最佳。二井相离,不足二百步,上龙在北,下龙在南,现在下龙已然填埋,屋宇无存,上龙仍由毛三兄支持开茶肆。安定门外下关北口外,地当小关之内,有甘水桥甜水井一处,此井由元明以来即有名,甘水桥尚是元代旧名,以明代为最热闹,文人墨客,常在此吃茶,久之百戏杂陈,几成闹市(明代公安派文人所游之地,至今仍有茶可吃者,只剩西直门外白石桥一处了)。到清代虽没有以前的繁华,卖甜水是仍旧的,直至洋井盛行,此处立刻冰消了。安定门外角楼北土城边还有一处"满井",水齐井口,俯身可饮,水更清甜，此地在明代也是文人常到的地方，也相当热闹，在清代却寂寞无闻，也没人在此取水。此井现在仍存，附近土地滋润，清幽异常。前几年曾和门人王永海三数人前往，自携实验化学用的汽油炉及茶具酒果，在此踏过青，难得并无主人相问，极有清趣的趣味。

茶　具

北京人虽不讲究泡茶的水，也相当能分别水的佳劣的。北京人是喝茶，而不是品茶，所以茶具不能太小、太讲究，但也有以喝茶为目标，而在小茶具、细瓷器上注意的。北京喝茶，茶壶也以小为目标，但既为喝茶，自以能蓄茶为主，所以能有暖套为佳。暖套例为藤编其外，内衬毡絮，以红喀喇为里，居家行旅，无不相宜，只茶馆中不预备此物。茶壶通以瓷质，老家庭也有用铜壶的，而皆说锡茶壶贮茶不败味。商店中也有小号生铁壶沏茶的，即驰名四远的"山西黑小子"，形作荸荠扁形，实为煮水之用。有一般似乎讲究的，以用宜兴紫砂壶为贵，宜兴壶固佳，但难得精致小品，且多伪制，泥味历久不退。也有用银壶的，此风近年始盛。晚清兴一种磁铁壶及一种茶壶盖碗两用的茶具，实皆宜于靠茶，讲究者不用。前清茶具，有所谓"折盅盖碗"者，盖碗为一盖一底，盖小于底，在其中泡茶，量小适于细饮。且用盖碗，稍显外行，则不但斟不出茶来，反要洒落身上，有时还要摔掉。必须以大指中指卡住两面碗边，食指圈回，顶住碗盖，盖前方稍下沉，即能一丝不洒的斟出茶来。折盅为令茶速凉，乃待客及对付妇孺之需，是仆婢的专差。一般不肖子弟，在盖碗中也要出花样，外绘花卉山水人物、名人手笔，内绘避火图两幅，六碗为一桌，装一锦匣。以六碗内图相同的为下品，六碗备异共十二式的为中品，十二碗二十四式的为上中品，二十四碗四十八式为上上品。有一暴发户财主，也要玩玩名瓷，便买了一套上上品四十八式的，后其家败落，此物独得善价，此公也不为无见了。

关于茶碗，普通都是瓷碗，而旧称为茶盅的缘故，一则物小，二则完全没把似酒盅，其盆沿豆绿色、茶叶末色、芝麻色的，人则称为茶碗。近年托茶碗的有茶碟，早年则有"茶托"、"茶船"，全为锡质，也有铜质。其圆形中央有一放碗足小圈的，或荷叶边的，名为茶托；其为元宝形、两头高高翘起的，名为茶船。

北京泡茶，通称为沏茶，以先放茶叶后注水为沏，先注水后放茶叶为泡，北京则无论用茶壶或盖碗，皆用沏的方式。其专爱喝酽茶的，先将沏成的茶，喝过几遍，然后倾入砂壶中，上火熬煮，则茶的苦味黄色尽出，谓之"熬茶"。熬茶适用于山茶，所用砂壶，价值最廉，通称为"砂包"，为中产以上所不睬、富贵人家所不识，而颇利于茶味，乡间野茶馆常用砂包为客沏茶，冬夏皆宜。和熬茶差不多的，有所谓靠茶，靠茶即将茶壶置于火傍，使其常温，时久也靠出茶色来。熬茶可以用武火，靠茶不但用文火，简直不必见火，只借火热便可。

伪　茶

北京西山附近一带，有山中人扛荷席篓荆筐，内实所谓山茶，脱售于当地。村民因其价廉，争相购饮。后京茶庄以山茶羼入真茶劣品中，是为伪茶。山茶产于京西翠微西北山套中，过上方山往南便逐渐少了。山茶的原料最初以紫荆为主（紫荆，北京人称为"荆条"，山里人称为"荆蒿"），采其嫩芽晒干，不需蒸焙即可出山售卖。喝山茶的，必须用砂包熬着喝，越煁茶叶越浓，尤以冬日喝山茶更为深厚有趣。

初期的紫荆芽茶尚称不恶，后以销售发达，饮者渐多，遂将已成小叶的紫荆大芽加入,且多加荆枝,以压分量,但仍不失原味。再后乃有杂质加入,但山中人不采夏日长叶,亦不采秋后小叶,只采春日嫩芽,因紫荆花芽虽可代茶,而紫荆则颇有毒质,偶有不慎,与肉类同食,即易致死。西山龙泉坞一带,产杏颇多,山中人每于冬末春初,拾取隔年陈杏,用以泡茶,绝无酸味,而有一缕清香气息,饮之令人心远。拾此干杏,又必须经过雪压,方能有味,于是拾得售卖,人以"踏雪寻梅"称之。我与翁偶虹兄于民十五在小楼流连时,日以此物加茗中饮之,想偶虹尚能记及罢!山茶杂质中,以"剪子股"草、"酸不溜"草、"苣荬菜"为三大原料,其他树叶是绝不加入的。后城里人见山茶可以混充茶内以求厚利,始而收买山茶,选净粗枝,批售茶行,颇能鱼目混珠。后乃广收"嫩酸枣叶",继则一切嫩枣叶皆可,再则嫩柳叶亦可加入,经过炮制,反成为中等以上的茶叶,是为高等伪茶了。

  此种假茶的制法是:将采得的芽叶洗净晒成半干,然后上笼屉用火蒸,至二分熟。倾出再晒,至半干再蒸,每蒸晒一次,熟的成分即加一分,七蒸七晒芽叶已成稀烂,触手欲碎,所谓"烂成软鼻涕"程度,倾在席上阴至九分干,以手搓成茶叶卷,置于瓷罐中闷放。闷置愈久,茶味愈佳。此种用酸枣芽、枣芽、柳芽所制的伪茶，亦以此顺序排成等级，成为"龙井绿茶"或介于茉莉窨茶和绿茶之间的大方茶，外行人绝喝不出邪味，其茶品亦可列在中等之间。不过真正讲究名誉的大茶店是不肯以此损坏名誉的。

近年西山下画眉山一带村民，亦觉紫荆山茶只适于冬日，夏日应饮龙井茶以清心火，于是也仿效制枣芽的"伏地龙井茶"。但自制柳叶茶的很少，这是不肯自欺而已。伏地绿茶畅行以后，于是又设法制窨茶，便采剪子股、酸不溜、苣荬菜诸草叶，加以焙制。

伪制大路货的粗茶，更有采嫩榆树叶、嫩椿树叶的。榆树叶没有特殊味，椿叶有臭味，需经加工处理。京西斋堂以西群山中，制伪茶者以其物易得，遂将嫩椿叶采取后，反复蒸晒至六七次，除去青气臭味，再泼上大量的姜黄水。沏出茶来，色作浓赤者，味苦如大黄，以售下级饮客。

窨真茶向在产花区的丰台诸村，制伪茶的原在广安门内，后因伪茶也需窨制，移到窨真茶的丰台附近了。

茶　话

周瘦鹃

茶,是我国的特产,吃茶也就成了我国人民特有的习惯。无论是都市,是城镇,以至乡村,几乎到处都有大大小小的茶馆,每天自朝至暮,几乎到处都有茶客,或者是聊闲天,或者是谈正事,或者搞些下象棋、玩纸牌等轻便的文娱活动,形成了一个公开的群众俱乐部。

茶有茗、荈、槚几个别名。据《尔雅》说,早采者为茶,晚取者为茗,荈和槚是苦茶。吃茶的风气始于晋代。晋人杜育,就写过一篇《荈赋》,对于茶大加赞美;到了唐代,那就盛行吃茶了。

茶树的干像瓜芦，叶子像栀子，花朵像野蔷薇，有清香，高一二尺。江苏、浙江、福建、安徽各省，都是茶的产地，如碧螺春、龙井、武夷、六安、祁门等各种著名的绿茶、红茶，都是我们所熟知的。茶树都种于山野间，可是喜阴喜燥，怕阳光怕水，倘不施粪肥，味儿更香，绿茶色淡而香清，红茶色、香、味都很浓郁，而味带涩性。绿茶有明前、雨前之分，是照着采茶的时期而定名的，采于清明节以前的叫做明前，采于谷雨节以前的叫做雨前，以雨前较为名贵。茶叶可用花熏，如茉莉、珠兰、玫瑰、木樨、白兰、玳玳都可以熏茶，不过花香一浓，就会冲淡茶香，所以熏花的茶叶，不必太好，上品的茶叶，是不需要借重那些花的。

吃茶有什么好处，谁也不能肯定。茶可以解渴，这是开宗明义第一章。有的人说它可以开胃润气，并且助消化，尤以红茶为有效。可是卫生家却并不赞同，以为茶有刺激神经的作用，不如喝白开水有润肠利便之效。但我们吃惯了茶的人，总觉得白开水淡而无味，还是要去吃茶，情愿让神经刺激一下了。

唐朝的诗人卢仝和陆羽，可说是我国提倡吃茶的有名人物，昔人甚至尊之为茶圣。卢仝曾有一首长歌，谢人寄新茶，其下半首云："……柴门反关无俗客，纱帽笼头自煎吃。碧云引风吹不断，白花浮光凝碗面。一碗喉吻润，两碗破孤闷。三碗搜枯肠，惟有文字五千卷。四碗发轻汗，平生不平事，尽向毛孔散。五碗肌骨清，六碗通仙灵。七碗吃不得也，唯觉两腋习习清风生。"夸张吃茶的好处，写得十分有趣；因此"卢仝七碗"，也就成了后人传诵的佳话。陆羽字鸿渐，有文学，嗜茶成癖，著《茶经》三篇，原原本本地说出茶之原、之法、之具，真是一个吃茶的专家。宋朝的诗人如苏东坡、黄山谷、陆放翁等，也都是爱茶的，他们的诗集中，有不少歌颂吃茶的作品。

制茶的方法，红、绿茶略有不同，据说要制红茶时，可将采下的嫩叶，铺满在竹席上，放在阳光中曝晒，晒了一会，便搅拌一会，等到叶子晒得渐渐地萎缩时，就纳入布袋揉搓一下，再倒出来曝晒，将水分蒸散，再装在木箱里，一层层堆叠起来，重重压紧，用布来遮在上面，等到它变成了红褐色透出香气来时，再从箱里倒出来晒干，然后放在炉火上烘焙。经过了这几重手续，叶子已完全干燥，而红茶也就告成了。制绿茶时，那么先将采下的嫩叶放在蒸笼里蒸一下，或铁锅上炒一下，到它带了黏性而透出香气来时，就倒出来，铺散在竹席上，用扇子把它用力地扇，扇冷之后，立即上炉烘焙，一面烘，一面揉搓，叶子就逐渐干燥起来。最后再移到火力较弱的烘炉上，且烘且搓，直到完全干燥为止，于是绿茶也就告成了。

过去我一直爱吃绿茶，而近一年来，却偏爱红茶，觉得醇厚够味，在绿茶之上；有时红茶断档，那么吃吃洞庭山的名产绿茶碧螺春，也未为不可。

在明代时，苏州虎丘一带也产茶，颇有名，曾见之诗人篇章。王世贞句云："虎丘晚出谷雨后，百草斗品皆为轻。"徐渭句云："虎丘春茗妙烘蒸，七碗何愁不上升。"他们对于虎丘茶的评价，都是很高的；可是从清代以至于今，就不听得虎丘产茶了。幸而洞庭山出产了碧螺春，总算可为苏州张目。碧螺春本来是一种野茶，产在碧螺峰的石壁上，清代康熙年间被人发现了，采下来装在竹筐里装不下，便纳在怀里，茶叶沾了热气，透出一阵异香来，采茶人都嚷着"吓杀人香"。原来"吓杀人"是苏州俗语，在这里就是极言其香气的浓郁，可以吓得杀人的。从此口口相传，这种茶叶就称为"吓杀人香"。康熙南巡时，巡抚宋荦以此茶进献，康熙因它的名儿不雅，就改名为碧螺春。此茶的特点，是叶子都蜷曲，用沸水一泡，还有白色的细茸毛浮起来。初泡时茶味未出，到第二次泡时呷上一口，就觉得"清风自向舌端生"了。

从前一般风雅之士,对于吃茶称为品茗,原来他们泡了茶,并不是一口一口地呷,而是像喝贵州茅台酒、山西汾酒一样,一点一滴地在嘴唇上"品"的。在抗日战争以前,我曾在上海被邀参加过一个品茗之会。主人是个品茗的专家,备有他特制的"水仙""野蔷薇"等茶叶,并且有黄山的云雾茶,所用的水,据说是无锡运来的惠泉水,盛在一个瓦铛里,用松毛、松果来生了火,缓缓地煎。那天请了五位客,连他自己一共六人。一只小圆桌上,放着六只像酒盅般大的小茶杯和一把小茶壶,是白地青花瓷质的。他先用沸水将杯和壶泡了一下,然后在壶中满满地放了茶叶,据说就是"水仙"。瓦铛水沸之后,就斟在茶壶里,随即在六只小茶杯里各斟一些些,如此轮流地斟了几遍,才斟满了一杯。于是品茗开始了,我照着主人的方式,啜一些在嘴唇上品,啧啧有声。客人们赞不绝口,都说"好香!好香!"我也只得附和着乱赞,其实觉得和我们平日所吃的龙井、雨前是差不多的。听说日本人吃茶特别讲究,也是这种方式,他们称为"茶道",吃茶而有道,也足见其重视的一斑。我以为这样的吃茶,已脱离了一般劳动人民的现实生活,实在是不足为训的。

二 茶馆内外,世味人情

泡茶馆

汪曾祺

"泡茶馆"是联大学生特有的语言。本地原来似无此说法,本地人只说"坐茶馆"。"泡"是北京话。其含义很难准确地解释清楚。勉强解释,只能说是持续长久地沉浸其中,像泡泡菜似的泡在里面。"泡蘑菇"、"穷泡",都有长久的意思。北京的学生把北京的"泡"字带到了昆明,和现实生活结合起来,便创造出一个新的语词。"泡茶馆",即长时间地在茶馆里坐着。本地的"坐茶馆"也含有时间较长的意思。到茶馆里去,首先是坐,其次才是喝茶(云南叫吃茶)。不过联大的学生在茶馆里坐的时间往往比本地人长，长得多，故谓之"泡"。

有一个姓陆的同学，是一怪人，曾经骑自行车旅行半个中国。这人真是一个泡茶馆的冠军。他有一个时期，整天在一家熟识的茶馆里泡着。他的盥洗用具就放在这家茶馆里。一起来就到茶馆里去洗脸刷牙，然后坐下来，泡一碗茶，吃两个烧饼，看书。一直到中午，起身出去吃午饭。吃了饭，又是一碗茶，直到吃晚饭。晚饭后，又是一碗，直到街上灯火阑珊，才夹着一本很厚的书回宿舍睡觉。

昆明的茶馆共分几类，我不知道。大别起来，只能分为两类，一类是大茶馆，一类是小茶馆。

正义路原先有一家很大的茶馆，楼上楼下，有几十张桌子。都是荸荠紫漆的八仙桌，很鲜亮。因为在热闹地区，坐客常满，人声嘈杂。所有的柱子上都贴着一张很醒目的字条："莫谈国事"。时常进来一个看相的术士，一手捧一个六寸来高的硬纸片，上书该术士的大名（只能叫做"大名"，因为往往不带姓，不能叫"姓名"；又不能叫"法名"、"艺名"，因为他并未出家，也不唱戏），一只手捏着一根纸媒子，在茶桌间绕来绕去，嘴里念说着"送看手相不要钱！""送看手相不要钱!"——他手里这根纸媒子即是看手相时用来指示手纹的。

这种大茶馆有时唱围鼓。围鼓即由演员或票友清唱。我很喜欢"围鼓"这个词。唱围鼓的演员、票友好像是不取报酬的。只是一群有同好的闲人聚拢来唱着玩。但茶馆却可借来招揽顾客,所以茶馆里便于闹市张贴告条:"某月日围鼓"。到这样的茶馆里来一边听围鼓,一边吃茶,也就叫做"吃围鼓茶"。"围鼓"这个词大概是从四川来的,但昆明的围鼓似多唱滇剧。我在昆明七年,对滇剧始终没有入门。只记得不知什么戏里有一句唱词"孤王头上长青苔"。孤王的头上如何会长青苔呢?这个设想实在是奇绝,因此一听就永不能忘。

我要说的不是那种"大茶馆"。这类大茶馆我很少涉足,而且有些大茶馆,包括正义路那家兴隆鼎盛的大茶馆,后来大都陆续停闭了。我所说的是联大附近的茶馆。

从西南联大新校舍出来,有两条街,凤翥街和文林街,都不长。这两条街上至少有不下十家茶馆。

从联大新校舍,往东,折向南,进一座砖砌的小牌楼式的街门,便是凤翥街。街角右手第一家便是一家茶馆。这是一家小茶馆,只有三张茶桌,而且大小不等、形状不一的茶具也是比较粗糙的,随意画了几笔兰花的盖碗。除了卖茶,檐下挂着大串大串的草鞋和地瓜(湖南人所谓的凉薯),这也是卖的。张罗茶座的是一个女人。这女人长得很强壮,皮色也颇白净。她生了好些孩子。身边常有两个孩子围着她转,手里还抱着一个。她经常敞着怀,一边奶着那个早该断奶的孩子,一边为客人冲茶。她的丈夫,比她大得多,状如猿猴,而目光锐利如鹰。他什么事情也不管,但是每天下午却捧了一个大碗喝牛奶。这个男人是一头种畜。这情况使我们颇为不解。这个白皙强壮的妇人,只凭一天卖几碗茶,卖一点草鞋、地瓜,怎么能喂饱了这么多张嘴,还能供应一个懒惰的丈夫每天喝牛奶呢?怪事!中国的妇女似乎有一种天授的惊人的耐力,多大的负担也压不垮。

由这家往前走几步,斜对面,曾经开过一家专门招徕大学生的新式茶馆。这家茶馆的桌椅都是新打的,涂了黑漆。堂倌系着白围裙。卖茶用细白瓷壶,不用盖碗(昆明茶馆卖茶一般都用盖碗)。除了清茶,还卖沱茶、香片、龙井。本地茶客从门外过,伸头看看这茶馆的局面,再看看里面坐得满满的大学生,就会挪步另走一家了。这家茶馆没有什么值得一记的事,而且开了不久就关了。联大学生至今还记得这家茶馆是因为隔壁有一家卖花生米的。这家似乎没有男人，站柜卖货是姑嫂二人，都还年轻，成天涂脂抹粉。尤其是那个小姑子，见人走过，辄作媚笑。联大学生叫她花生西施。这西施卖花生米是看人行事的。好看的来买，就给得多。难看的给得少。因此我们每次买花生米都推选一个挺拔英俊的"小生"去。

再往前几步，路东，是一个绍兴人开的茶馆。这位绍兴老板不知怎么会跑到昆明来，又不知为什么在这条小小的凤翥街上来开一爿茶馆。他至今乡音未改。大概他有一种独在异乡为异客的情绪，所以对待从外地来的联大学生异常亲热。他这茶馆里除了卖清茶，还卖一点芙蓉糕、萨其马、月饼、桃酥，都装在一个玻璃匣子里。我们有时觉得肚子里有点缺空而又不到吃饭的时候，便到他这里一边喝茶一边吃两块点心。有一个善于吹口琴的姓王的同学经常在绍兴人茶馆喝茶。他喝茶，可以欠账。不但喝茶可以欠账，我们有时想看电影而没有钱，就由这位口琴专家出面向绍兴老板借一点。绍兴老板每次都是欣然地打开钱柜，拿出我们需要的数目。我们于是欢欣鼓舞，兴高采烈，迈开大步，直奔南屏电影院。

再往前，走过十来家店铺，便是凤翥街口，路东路西各有一家茶馆。

路东一家较小，很干净，茶桌不多。掌柜的是个瘦瘦的男人，有几个孩子。掌柜的事情多，为客人冲茶续水，大都由一个十三四岁的大儿子担任，我们称他这个儿子为"主任儿子"。街西那家又脏又乱，地面坑洼不平，一地的烟头、火柴棍、瓜子皮。茶桌也是七大八小，摇摇晃晃，但是生意却特别好。从早到晚，人坐得满满的。也许是因为风水好。这家茶馆正在凤翥街和龙翔街交接处，门面一边对着凤翥街，一边对着龙翔街，坐在茶馆两条街上的热闹都看得见。到这家吃茶的全都是本地人，本街的闲人、赶马的"马锅头"、卖柴的、卖菜的。他们都抽叶子烟。要了茶以后，便从怀里掏出一个烟盒——圆形，皮制的，外面涂着一层黑漆，打开来，揭开覆盖着的菜叶，拿出剪好的金堂叶子，一枝一枝地卷起来。茶馆的墙壁上张贴、涂抹得乱七八糟。但我却于西墙上发现了一首诗，一首真正的诗：

记得旧时好，
跟随爹爹去吃茶。
门前磨螺壳，
巷口弄泥沙。

是用墨笔题写在墙上的。这使我大为惊异了。这是什么人写的呢？

　　每天下午，有一个盲人到这家茶馆来卖唱。他打着扬琴，说唱着。照现在的说法，这应是一种曲艺，但这种曲艺该叫什么名称，我一直没有打听着。我问过"主任儿子"，他说是"唱扬琴的"，我想不是，他唱的是什么？我有一次特意站下来听了一会，是：

　　…………
　　良田美地卖了，
　　高楼大厦拆了，
　　娇妻美妾跑了，
　　狐皮袍子当了……

　　我想了想，哦，这是一首劝戒鸦片的歌，他这唱的是鸦片烟之为害。这是什么时候传下来的呢？说不定是林则徐时代某一忧国之士的作品。但是这个盲人只管唱他的，茶客们似乎都没有在听，他们仍然在说话，各人想自己的心事。到了天黑，这个盲人背着扬琴，点着马竿，踽踽地走回家去。我常常想：他今天能吃饱么？

进大西门，是文林街，挨着城门口就是一家茶馆。这是一家最无趣味的茶馆。茶馆墙上的镜框里装的是美国电影明星的照片，蓓蒂·黛维丝、奥丽薇·德·哈弗兰、克拉克·盖博、泰伦宝华……除了卖茶，还卖咖啡、可可。这家的特点是：进进出出的除了穿西服和麂皮夹克的比较有钱的男同学外，还有把头发卷成一根一根香肠似的女同学。有时到了星期六，还开舞会。茶馆的门关了，从里面传出《蓝色的多瑙河》和《风流寡妇》舞曲，里面正在"嘣嚓嚓"。

和这家斜对着的一家，跟这家截然不同。这家茶馆除卖茶，还卖煎血肠。这种血肠是牦牛肠子灌的，煎起来一街都闻见一种极其强烈的气味，说不清是异香还是奇臭。这种西藏食品，那些把头发卷成香肠一样的女同学是绝对不敢问津的。

由这两家茶馆，往东，不远几步，面南，便可折向钱局街。街上有一家老式的茶馆，楼上楼下，茶座不少。说这家茶馆是"老式"的，是因为茶馆备有烟筒，可以租用。一段青竹，旁安一个粗如小指半尺长的竹管，一头装一个带爪的莲蓬嘴，这便是"烟筒"。在莲蓬嘴里装了烟丝，点以纸媒，把整个嘴埋在筒口内，尽力猛吸，筒内的水咚咚作响，浓烟便直灌肺腑，顿时觉得浑身通泰。吸烟筒要有点功夫，不会吸的吸不出烟来。茶馆的烟筒比家用的粗得多，高齐桌面，吸完就靠在桌腿边，吸时尤需底气充足。这家茶馆门前，有一个小摊，卖酸角（不知什么树上结的，形状有点像皂荚，极酸，入口使人攒眉）、拐枣（也是树上结的，应该算是果子，状如鸡爪，一疙瘩一疙瘩的，有的地方即叫做鸡脚爪，味道很怪，像红糖，又有点像甘草）和泡梨（糖梨泡在盐水里，梨味本是酸甜的，昆明人却偏于盐水内泡而食之。泡梨仍有梨香，而梨肉极脆嫩）。过了春节则有人于门前卖葛根。葛根是药，我过去只在中药铺见过，切成四方的棋子块儿，是已经经过加工的了。原物是什么样子，我是在昆明才见到的。这种东西可以当零食来吃，我也是在昆明才知道。一截根，粗如手臂，横放在一块板上，外包一块湿布。给很少的钱，卖葛根的便操起有点像北京切涮羊肉的肉片用的那种薄刃长刀，切下薄薄的几片给你。雪白的。嚼起来有点像干瓢的生白薯片，而有极重的药味。据说葛根能清火。联大的同学大概很少人吃过葛根。我是什么奇奇怪怪的东西都要买一点尝一尝的。

　　大学二年级那一年，我和两个外文系的同学经常一早就坐到这家茶馆靠窗的一张桌边,各自看自己的书,有时整整坐一上午,彼此不交语。我这时才开始写作,我的最初几篇小说,即是在这家茶馆里写的。茶馆离翠湖很近,从翠湖吹来的风里,时时带有水浮莲的气味。

回到文林街。文林街中,正对府甬道,后来新开了一家茶馆。这家茶馆的特点一是卖茶用玻璃杯,不用盖碗,也不用壶。不卖清茶,卖绿茶和红茶。红茶色如玫瑰,绿茶苦如猪胆。第二是茶桌较少,且覆有玻璃桌面。在这样桌子上打桥牌实在是再适合不过了,因此到这家茶馆来喝茶的,大都是来打桥牌的,这茶馆实在是一个桥牌俱乐部。联大打桥牌之风很盛。有一个姓马的同学每天到这里打桥牌。解放后,我才知道他是老地下党员,昆明学生运动的领导人之一。学生运动搞得那样热火朝天,他每天都只是很闲在,很热衷地在打桥牌,谁也看不出他和学生运动有什么关系。

文林街的东头,有一家茶馆,是一个广东人开的,字号就叫"广发茶社"——昆明的茶馆我记得字号的只有这一家,原因之一,是我后来住在民强巷,离广发很近,经常到这家去。原因之二是——经常聚在这家茶馆里的,有几个助教、研究生和高年级的学生。这些人多多少少有一点玩世不恭。那时联大同学常组织什么学会,我们对这些俨乎其然的学会微存嘲讽之意。有一天,广发的茶友之一说:"咱们这也是一个学会,——广发学会!"这本是一句茶余的笑话。不料广发的茶友之一,解放后,在一次运动中被整得不可开交,胡乱交代问题,说他曾参加过"广发学会"。这就惹下了麻烦。几次有人,专程到北京来外调"广发学会"问题。被调查的人心里想笑,又笑不出来,因为来外调的政工人员态度非常严肃。广发茶馆代卖广东点心。所谓广东点心,其实只是包了不同味道的甜馅的小小的酥饼,面上却一律贴了几片香菜叶子,这大概是这一家饼师的特有的手艺。我在别处吃过广东点心,就没有见过面上贴有香菜叶子的——至少不是每一块都贴。

或问:泡茶馆对联大学生有些什么影响?答曰:第一,可以养其浩然之气。联大的学生自然也是贤愚不等,但多数是比较正派的。那是一个污浊而混乱的时代,学生生活又穷困得近乎潦倒,但是很多人却能自许清高,鄙视庸俗,并能保持绿意葱茏的幽默感,用来对付恶浊和穷困,并不颓丧灰心,这跟泡茶馆是有些关系的。第二,茶馆出人才。联大学生上茶馆,并不是穷泡,除了瞎聊,大部分时间都是用来读书的。联大图书馆座位不多,宿舍里没有桌凳,看书多半在茶馆里。联大同学上茶馆很少不夹着一本乃至几本书的。不少人的论文、读书报告，都是在茶馆写的。有一年一位姓石的讲师的"哲学概论"期终考试，我就是把考卷拿到茶馆里去答好了再交上去的。联大八年，出了很多人才。研究联大校史，搞"人才学"，不能不了解了解联大附近的茶馆。第三，泡茶馆可以接触社会。我对各种各样的人、各种各样的生活都发生兴趣，都想了解了解，跟泡茶馆有一定关系。如果我现在还算一个写小说的人，那么我这个小说家是在昆明的茶馆里泡出来的。

一九八四年五月十三日

上海的茶楼

郁达夫

茶,当然是中国的产品,《尔雅》释槚为苦茶,早采为茶,晚采为茗。《茶经》分门别类,一曰茶,二曰槚,三曰蔎,四曰茗,五曰荈。神农食经,说茗茶宜久服,令人有功悦志。华佗《食论》,也说苦茶久食,益意思。因此中国人,差不多人人爱吃茶,天天要吃茶;柴米油盐酱醋茶,至将茶列入了开门七件事之一,为每人每日所不能缺的东西。

外国人的茶,最初当然也系由中国输入的奢侈品,所谓梯、泰(Tea、The)等音,说不定还是闽粤一带土人呼茶的字眼，日记大家Pepys头一次吃到茶的时候，还娓娓说到它的滋味性质，大书特书，记在他的那部可宝贵的日记里。外国人尚且推崇得如此，也难怪在出产地的中国，遍地都是卢仝、陆羽的信徒了。

茶店的始祖，不知是哪个人；但古时集社，想来总也少不了茶茗的供设；风传到了晋代，嗜茶者愈多，该是茶楼酒馆的极盛之期。以后一直下来，大约世界越乱，国民经济越不充裕的时候，茶馆店的生意也一定越好。何以见得？因为价廉物美，只消有几个钱，就可以在茶楼住半日，见到许多友人，发些牢骚，谈些闲天的缘故。

上面所说的，是关于茶及茶楼的一般的话；上海的茶楼，情形却有点儿不同，这原也像人口过多，五方杂处的大都会中常有的现象，不过在上海，这一种畸形的发达更要使人觉得奇怪而已。

上海的水陆码头，交通要道，以及人口密聚的地方的茶楼，顾客大抵是帮里的人。上茶馆里去解决的事情，第一是是非的公断，即所谓吃讲茶；第二是拐带的商量，女人的跟人逃走，大半是借茶楼出发地的；第三，才是一般好事的人的去消磨时间。所以上海的茶楼，若没这一批人的支持，营业是维持不过去的；而全上海的茶楼总数之中，以专营业这一种营业的茶店居五分之四；其余的一分，像城隍庙里的几家，像小菜场附近的有些，才是名副其实，供人以饮料的茶店。

譬如有某先生的一批徒弟，在某处做了一宗生意，其后更有某先生的同辈的徒弟们出来干涉了，或想分一点肥，或是牺牲者请出来的调人，或者竟系在当场因两不接头而起冲突的诸事件发生之后，大家要开谈判了，就约定时间，约定伙伴，一家上茶馆里去。这时候，参集的人，自然是愈多愈好，文讲讲不下来，改日也许再去武讲的；比他们长一辈的先生们，当然要等到最后不能解决的时候，才来上场。这些帮里的人，也有着便衣的巡捕，也有穿私服的暗探，上面没有公事下来，或牺牲者未进呈子之先，他们当然都是那一票生意经的股东。这是吃讲茶的一般情形，结果大抵由理屈者方面惠茶钞，也许更上饭馆子去吃一次饭都说不定。至于赎票、私奔，或拐带等事情的谈判，表面上的当事人人数自然还要减少；但周围上下，目光炯炯，侧耳探头，装作毫不相干的神气，或坐或立地埋伏在四面的人，为数却也绝不会少，不过紧急事情不发生，他们就可以不必出来罢了。从前的日升楼，现在的一乐天、全羽居、四海升平楼等大茶馆，家家虽则都有禁吃讲茶的牌子挂在那里，但实际上顾客要吃起讲茶来，你又哪里禁止得他们住。

除了这一批有正经任务的短帮茶客之外，日日于一定的时间来一定的地方做顾客的，才是真正的卢仝陆羽们。他们大抵是既有闲而又有钱的上海中产的住民；吃过午饭，或者早晨一早，他们的两只脚，自然走熟的地方走。看报也在那里，吃点点心也在那里，与日日见面的几个熟人谈推背图的实现，说东洋人的打仗，报告邻居一家小户人家的公鸡的生蛋也就在那里。

物以类聚，地借人传，像在跑马厅的附近，城隍庙的境内的许多茶店，多半是或系弄古玩，或系养鸟儿，或者也有专喜欢听说书的专家茶客的集会之所。像湖心亭、春风得意楼等处，虽则并无专门的副作用留存着在，可是有时候，却也会集茶客的大成，坐得济济一堂，把各色有专门嗜好的茶人来尽吸在一处的。

至如有女招待的吃茶处，以及游戏场的露天茶棚之类，内容不同，顾客的性质与种类自然又各别了。

上海的茶店业，既然发达到了如此的极盛，自然，随茶店而起的副业，也要必然地滋生出来。第一，卖烧饼、油包，以及小吃品的摊贩，当然是等于眉毛之于眼睛一样，一定是家家茶店门口或近处都有的。第二，是卖假古董小玩意的商人了，你只要在热闹市场里的茶楼上坐他一两个钟头，像这一种小商人起码可以遇见到十人以上。第三，是算命、测字、看相的人。第四，这总算是最新的一种营养者，而数目却也最多，就是航空奖券的推销员。至如卖小报、拾香烟蒂头，以及糖果香烟的叫卖人等，都是这一游戏场中所共有的附属物，还算不得上海茶楼的一种特点。

还有茶楼的夜市，也是上海地方最著名的一种色彩。小时候在乡下，每听见去过上海的人，谈到四马路青莲阁四海升平楼的人肉市场，同在听天方夜谭一样，往往不能够相信。现在因国民经济破产，人口集中都市的结果，这一种肉阵的排列和拉撕的悲喜剧，都不必限于茶楼，也不必限于四马路一角才看得见了，所以不谈。

原载一九三五年十二月《良友》第一一二期

陆羽茶山寺

曹聚仁

上环德辅道（香港）中，有一条横街上，有家陆羽茶室。在香港说，这家茶室的茶最好，也最贵；至于陆羽自己来喝，怎么说，我就不敢说了。广州也有一家陆羽茶室，规模很大。不过，我知道陆羽其人，却在二十多年前，旅居赣东山饶，城北有茶山寺，陆羽隐居之地，寺有陆羽泉。当年，我很浅陋，以为陆羽著《茶经》，总是一个隐士，其实不是，他是中国第一个伟大农民艺术家。

陆羽字鸿渐，他是无父无母的弃儿，真的"不知何许人也",复州(湖北沔阳)竟陵僧积公收留了,抚养在寺中,自幼叫他做些扫寺地、洁厕僧、践泥汗墙的贱务,还叫他牧三十只牛。客人来了,他就扫叶烹茶奉客。他听着和尚念经,也就慢慢识些字。有一回,向一位读书人请教,那人送他一篇张衡《两都赋》,他实在念不下去,只好呆呆地看着,喃喃作音,好似诵读着的,这个可怜的小和尚,样子既难看,又带着口吃的毛病;积公要他走向佛门,他却驰骛外道。师徒竟争辩了好几回,积公发怒了,把他关在寺中,专做砍柴的苦工,派寺中和尚看着他。他一面做工,一面心记文字,灰心木立,过目不动手。那和尚说他懒惰,鞭他,骂他。他呜咽流泪,那和尚又怪他记仇在心,又鞭他的背,打得那竹条都断了。这么一来,他便决意出走了。

这位小和尚,离开那礼佛诵经的小天地,跳向出将入相的花花世界。他投奔一位替皇家演戏的伶工,那时,那位三郎皇帝是个大戏迷,朝野伶工结党引类,颇有声势(伶党在晚唐是件大事,也是一个和政治有关的集团)。陆羽读书虽多,自己虽不会演唱,却有戏剧创作、导演天才。他就替那位伶工编写了三本参军戏,自为伶正,弄木人、假吏、藏珠之戏。有一回,宜昌有一场大宴会,邑吏找他做导演(伶正之师),演出非常精彩。那时河南尹李齐物也在场,大为赞许,收他做弟子,教以诗歌,这才完成了他的文艺修养。那几年,崔国辅出守竟陵郡,陆羽出入门庭,游处三年,他的戏剧修养也已成熟了,那时,还只有二十七八岁。襄阳太守李憕送他一匹白驴、一头乌梨牛,卢黄门侍郎送他一部《文槐书函》,那时,他已经成为文士的宠儿了。他可能进入宫中,做过唐明皇的导演,可是,"渔阳鼙鼓动地来",明皇西奔,他就逃难到江南来,隐居乌程杼山妙喜寺,和当时的文士颜真卿、张志和、皇甫湜、萧存辈都有亲密往还,而一代高僧皎然乃是他的至交。于是,积公当年只怕他慕了外道,而今他周历繁华,备经世变,官场本是戏场,他还真返璞,有出世之想。(陆羽曾著《教坊录》,记宫中伶工生活,又作《四愁诗》,《天之未明赋》,感激之时,行哭涕泗的。)

陆羽三十以后,过的游方僧生活,游踪所及,品评天下名泉,许无锡惠泉为天下第一泉,济南趵突泉为天下第二泉,杭州龙井虎跑泉为天下第三泉。有好泉才有好茶,有好茶才显得好泉,那横街上的陆羽茶室,说来说去,就缺少一个"天下第四泉"。

泉水既已停当,才摊得开陆羽《茶经》。若问茶山寺内的陆羽泉是天下第几泉，这话也很难作答，因为我说那无名泉是天下第一泉，陆羽也压不到第二去的。评品好茶，一般人脱口而出，说是"龙井"；这只是现代人的想法。宋欧阳修说："两浙之茶，日铸第一。"王龟龄说："龙山瑞草，日铸雪芽。"前人就有前人的看法。那位喝茶专家张宗子，他找了一批徽州佬，到日铸，扚法、掐法、挪法、撒法、扇法、炒法、焙法、藏法，一如松萝。他用别的泉水泡了，香气不出，用禊泉来泡，只是一小罐，香又太浓郁。他就加了茉莉，再三较量，用敞口瓷瓯淡放之，侯其冷，旋以滚汤冲泻之，色如竹箨方解，绿粉初匀。他称之为兰雪，与松萝并驾。松萝乃皖南名茶，犹令今人之称龙井也。前几年，我们游庐山，买了云雾茶；这又是晋唐人们赞许的山品好茶，无论黄山云雾或庐山云雾，这"云雾"二字正是好茶的自然条件。

　　世间的极品好茶，陆羽当年隐居赣东，不知可曾喝到过？他那时期，怕的这两株茶名还未茁出。其他在闽北建阳武夷山，我曾到过那儿，却不曾喝过。我相信香港三百多万善男善女中，喝过那株名茶的，不会超过五个人。从武夷宫入山，远远看见的是悬崖，那儿是古代方外人修道之士，崖山有茶树老幼两株。层崖泉水泹汪，茶树赖以荣长。孟春抽芽，崇安县府派兵守护。及时采摘焙制,约可得一斤上下,这都是贡品;大概林森任主席时,可得二两,陈仪省主席可得二两,蒋委员长可得四两,崇安县长可留二两,刹中方丈可得二两。这便是有名的大红袍。我看陆羽生在现代,也不会有他的份儿的。(有人喝过方丈的大红袍,说:方丈出一小瓶,启塞有幽香出,以银匙调茶末四匙,细如粉;水初沸,纹起若蟹眼,即注于盏,裹以斤,约三分钟,去斤,又二分钟,启盖,清芬四溢,注茶于杯,饮之,先苦而后甘,香浓味郁,齿舌生津。他的感受如此。)

我到了武夷山,喝不到大红袍,心中毫无惆怅之意。有一回,上龙门(这是黄大仙修道的龙门,不是洛阳的龙门,也不是山西的龙门),山中农妇烹苦丁茶相飨,叶粗大如大瓜片(茶名),其味清甜,有如仙露。又有一回,从南涧回新登,也在山冈上喝了苦丁茶,比之云雾、龙井,不知该放在什么品等,但我一生感受,却以这两回为最深刻。周作人先生五十自寿诗:"且到寒斋吃苦茶",若是"苦丁茶"的话,那真是一种享受了。

东南各地,到处都有好茶;前几年,碧螺春初到香港,并不为海外人士所赏识。这是上品名茶,品质还在龙井之上,我住苏州拙政园时，一直就喝这种本色的茶叶。（龙井的绿叶乃是用青叶榨汁染成的，并非本色。）潮州人喝的铁观音，福州的双熏，都不错。只有祁门红茶，虽为洋人多喜爱，和我一直无缘。这一方面，我乃是陆羽的门徒。

清泉佳茗的条件具足了，余下来的"东风"是"茶具"。好的茶具，不是玻璃，不是浮梁瓷器，而是宜兴紫砂壶，要积古百年旧紫壶，才能把好茶好泉的色、香、味都发挥出来。

古今谈茶的，实在只是谈泉水，陆羽茶室的老板，只能皱眉叹气，因为查实老板所想的和陆羽所说的完全两件事。平心而论，陆羽茶室的龙井，比较还过得去，至于铁观音，那就比潮州馆子差得远了（红茶加糖加柠檬，那就根本不是吃茶，不在谈茶之列）。张宗子笑那些俗人（当然也有雅士在内），会说"浓热满三字尽茶理，陆羽经可烧也"的蠢话；他的朋友赵介臣，喝久了张家的茶，才知道"家下水实进口不得，须还我口去"。这都是趣事。我有一位女生，她笑我不喝咖啡，又说："茶会有什么两样？解渴就是了。"我一言不发，过了一年多，她忽然对我说："茶自有好坏，我家的茶，实在喝不得。"

茶并非自古有之，不过晋唐以后，上大夫讲究茶道的，颇有其人。唐赵璘《因话录》，记他父亲性尤嗜茶，能自煎，对人说："茶须缓火炙，活水煎。"所以，宋苏东坡有"活水还须缓火煎"之句。何谓活水？李时珍说："活水者大而江河，小而溪涧，皆流水也。其外动而性静，其质柔而气刚，与胡泽陂塘之止水不同。"香港的水，都是止水，不管怎么消毒，用以煮茶，总是差一大截。陆羽的头等功夫是品泉，虽是天下第一第二，难以为据，他所品的惠山泉、趵突泉、虎跑泉，以及茶山寺的陆羽泉都是活水。他做小和尚时期，就是扫叶枝煮水，在火候上最有功夫，这才够得上著《茶经》的。

考究茶道的，自有千千万万人迷成瘾的，在笔下写得妙的倒以张宗子为第一（明末清初，浙江绍兴人）。他的友人指引他到南京桃叶渡去找闵老子讨茶喝。那老人推三却四，他就一味捺着性子赖在那儿，闵老子终于自起当炉，烹茶给他喝。他辨别得所烹的是阆苑制法的罗蚧茶，辨别得出远来的惠泉，辨别得罗蚧的秋采与春茶，闵老子许他为生平所遇见精于茶道的人。这位茶迷的人，他曾经千里外从无锡运了泉水过江，被萧山脚夫笑为傻瓜；也曾发现了王羲之的禊泉以及阳领玉带泉，为士流所赞叹。他确乎分别得出是谁家谁家的井水，于会稽陶溪、萧山北干、杭州虎跑那些名泉意外说出短长来。

当然，我不是陆羽的信徒，也不想做闵老子的知己；有人问我：泉水怎么才是好呢？我说："一个甜字足以尽之。"湖北的兰溪，我未到过，昨读苏东坡的《志林》，才知道黄州的兰溪，也叫沙湖，苏氏有《游沙湖小记》。他说他们同游清泉寺，寺在蕲水郭门外二里许，有王逸少（王羲之）洗笔泉，水极甘，下临兰溪。可见我说的一个甜字，并不很错。我的外家，在刘源，其祖先移居其地，本名桃源，也是桃花之源之意。我到外家去，老实不客气，请舅母他们，溪水泡茶放糖（外家对我特别客气，总是泡茶加白糖的）。他们问我为什么，我说：溪泉实在够甜了。

二十年前，我曾在刘源村南二里许，买了一口井，井泉之甜美，我以为在虎跑、汇泉之上，只是陆羽、张宗子踪迹未到，有如浣沙溪上的西施呢。

茶　馆

缪崇群

每个城市里都有茶馆，就是一个小小的村镇罢，虽杂货店尽可以阙如，而茶馆差不多是必备的。一个地方形形色色，各种各样的荟萃，恐怕除了到茶馆去做巡视之外，再也没有别的适当的所在了。

在南京，大人先生们吃咖啡和红茶的地方不算；听女人唱曲子，又叫你看她的脸蛋儿又给你茶吃的地方也不在此数。我所说的就是在这条从古便有而且如今还四远驰名的秦淮河畔，夫子庙的左右，贡院的近边，一座一座旧式的建筑物，或楼，或台，或居，或阁，或园……都是有着斗大的字的招牌：有奇芳，有民众，有得月，有六朝……这些老的，道地的带着南京魂的茶馆。

喝茶，并不是我所好的一件事，不过这些古雅的招牌，确曾给我一种诱惑和玄想；如果有人对我说某爿茶馆里还留着一个当初朱洪武喝水用的粗大碗，或是某一朝代御厨房里的破抹布，我都会相信而神往，即使买一张门票进去看看也无不可的，不过这与喝茶是截然的两回事，也许有一种考据癖的人，为考据考据某一块招牌的来历，馆主人的底细，竟走了进去泡一碗茶吃，那就不在此例了。

进茶馆的人，起码是要求一点自由自在的，像北京的茶馆里要贴上"莫谈国事"的红纸条子，那是一种限制，反过来说，也未必不是给人一种方便——国事者国是也，张三谈它，李四论它，混淆听闻，免不了捉将官里去，便惹得大家麻烦了。这里的茶馆倒没有"莫谈国事"的限制，不过走进门来，却常常碰见八个字：

"本社清真，荤点不入"

其实，上茶馆的原无须谈什么国事；谈国事的差不多是老爷，老爷们又无须上茶馆了。上茶馆的如果只要不用荤点，那么在教的可以来，出家的也可以来了，大家都得着了方便。上面那八个大字，实际上恐怕还是可以广招徕的一种作用罢。

茶，从早卖到天黑为止，客人总满座，并且像川流般的一刻也不停息。上午九十点钟和下午三四点钟的光景，茶馆简直成了蜂窝：那么多的蜂子向里头钻，又是那么多的蜂子朝外边拥。到了星期日便更热闹起来，如果用譬喻，就只好说蜂群和蜂群打起仗来，蜂窝的情形你再想象看罢。

在我的最无聊的日子中，我有时也做了一个无头似的蜂子向外边飞，嗅着了那有着雪茄烟和粉脂香的"高贵"的地方连连打着喷嚏回来，撞着了窝一般的地方便把自己当作了他们的一员了。

听见了嗡嗡……不绝的声音以后，我不但觉得神情自由自在起来，而且立刻有些飘飘然了。坐定了，我看见壁上挂着两块横额：

"竹炉汤沸"

"如听瓶笙"

典故我记得的极少，因为茶馆进了几回，对于这两块横额上的句子的意思和出处，仿佛才渐渐领会了一点滋味。我拿蜂子比茶馆的情景，也许是太俗太伤雅了。

楼上喝的大约是"贡针",每碗小洋七分。楼下的便宜一分,不知道是不是因为茶叶稍次一点的缘故,或者故意地以一分小洋作成一个等级。我以为等级不等级的倒算不了一回事,怕上楼的人还可以省一分钱,正如同近视眼的人去看影戏,你请他坐在后面他反不高兴似的。

无论楼上或是楼下,茶房对于客人的待遇确是有着一种显而易见的记号。不在乎的随他,不懂得的也就根本无所谓了。

这是由我的观察而来的,(我可没有看过什么"茶经",我想茶经上也绝不会有这种记载或分类。)在同一个茶馆,甚至于同一个茶桌上面,我们可以找出三种不同的茶具:

一 紫色的宜兴泥的壶泡茶,大红盖碗或小白杯子喝茶。

二 大红盖碗泡茶,大红盖碗喝茶。

三 大红盖碗泡茶,小白杯子喝茶。

这三种不同的茶具,大约是代表着三种不同性质的茶客。第一种是老而又熟,来得早。差不多还是上午下午都到的主顾。第二种则不外是熟人,资格虽不见得比上边的那种老,但在地面或许都有些为人所知的条件:当杠夫的头目也罢;当便衣的候补侦探也罢;当鸭子店的老板也罢……因为事忙,不常来,来时又迟,宜兴壶分不到他的份上,于是把泡茶的大红盖碗给他当吃茶的杯子,不能不说恭而且敬了。第三种便是普通一般的茶客,为喝茶而来,渴止而去。

除了第一种之外,其余两种的大红盖碗底下,都配着一个茶托子,这托子的用处并不专在托茶,它还附带着一种账目的标记,如果账目已经付清,那么它也就被拿走了。在这种约法之下,我想,倘使有人把这茶托子悄悄地带走,白吃一次茶,叫他无证可据,倒是一件歹人的喜事哩,好在这种歹人或许并没有,否则真是"防不胜防"了。不过把三种茶客比较起来,后两种的信用在茶房眼中恐怕总不会比上第一种的:他们用宜兴壶泡茶,而壶底下压根儿也不曾有过什么茶托子的。

虽然是茶馆,但变相的也可以算作一个商场。吃的东西有干丝,面,舌头形样的烧饼,糖果,纸烟。用的东西有裤腰带,毛刷子,搔背的皮球,孩子们的玩具……还有,那一只一只黑的手,伸到你的面前,不是卖的,你拿一个铜元放在那手的中心,它便微颤着缩回去了,你愿意顺着那只手看到他们的脸么?你将看见什么呢?正是当着你的所谓"茶余饭后",那一道一道从枯瘦了的眼睛里放射出来的饥饿的光芒!你诅咒他么?你也知道他在诅咒着谁么?……

有一次,有一个人问我要不要好货,说着,他小心翼翼地打开一个提箱,提箱里又是几个包来包去的包儿,结果拿出了一副一副的眼镜子。

"你看,真水晶,平光,只卖十二块钱一副,再公道没有了。"

他看我不作声,眼睛不住地盯着他,知道我的眼睛不像戴眼镜的样子,转身又走了。眼镜卖到茶馆里来,我感觉到上茶馆仿佛是一件颇需明察的事了。

卖眼镜的既有,还可惜没有看见人来镶牙。

其次,卖印着女人们大腿的画报特别多;卖耳挖的也特别多。

在茶馆里最好懂得当地人的话,留心一点旁人的举止,对于自己也是有乖可学的。有一次一个邻座的茶客啰啰唆唆说:

"……太难了,鼻子怎么也不能大似脸的;鼻子还能大似脸吗?"

此后,我知道茶资七分,小账顶多也过不去七分了。茶房历来是贪多无厌,我心里已经记住了这样俏皮的话,将来足可以对茶房如法炮制了。

好在我也不想喝他们的宜兴壶或大红盖碗,我这个茶客是可有可无,算不上数;不过要真的把鼻子逗得像脸那么大,甚至于比脸还大时,我想那宜兴壶和红盖碗在茶房眼光中又是可有可无,算不上什么了——他们自然而然地会把你标志上第一二种的好主顾,把那紫泥壶和红盖碗端在你的面前了。

如果不走这条捷径的话,我想等罢,那时候我将有着长白的胡须,或者也可以给他们写上一两块新鲜的横额了?

一九二三,六,十八,京

茶 馆

金受申

　　北京的茶馆种类很多。每日演述日夜两场评书的，名"书茶馆"。"开书不卖清茶"，是书茶馆的标语。卖茶又卖酒，兼卖花生米、开花豆的叫做"茶酒馆"。专供各行生意人集会的，名"清茶馆"。在郊外荒村中的叫"野茶馆"。在谈"书、酒、清、野"四种茶馆之前，先谈一下"大茶馆"。

大茶馆

大茶馆在清代北京曾走过红紫大运。八旗二十四固山，内务府三旗、三山两火、仓库两面，按月整包关钱粮，按季整车拉俸米。家有余粮、人无菜色，除去虫鱼狗马、鹰鹞骆驼的玩好以外，不上茶馆去哪里消遣？于是大茶馆便发达起来。高的高三哥，矮的矮三哥，不高不矮的横三哥。蒙七哥，诈七哥，小辫赵九哥，"有人皆是哥，无我不称弟"，大家都是座中常客。北京以先的大茶馆，以后门外天汇轩为最大，后毁于火，今成天汇大院，曾一度开办市场，其大可知。东安门外汇丰轩为次大。

大茶馆入门为头柜，管外卖及条桌账目。过条桌为二柜，管腰栓账目。最后为后柜，管后堂及雅座账目，各有地界。后堂有连于腰栓的，如东四北六条天利轩；有中隔一院的，如东四牌楼西天宝轩；有后堂就是后院，只做夏日买卖和雅座生意的，如朝阳门外荣盛轩等，各有一种风趣。

茶座以前都用盖碗。原因是：第一，品茶的人以终日清淡为主旨，无须多饮水。第二，冬日茶客有养油葫芦、蟋蟀、咂嘴、蝈蝈，以至蝴蝶、螳螂的，需要暖气嘘拂。尤其是蝴蝶，没有盖碗暖气不能起飞,所以盖碗能盛行一时。在大茶馆喝茶既价廉又方便,如喝到早饭之时需要回家吃饭,或有事外出的,可以将茶碗扣于桌上,吩咐堂倌一声,回来便可继续品用。因用盖碗,一包茶叶可分二次用,茶钱一天只付一次,且极低廉。

大茶馆分红炉馆、窝窝馆、搬壶馆三种,加二荤铺为四种。

甲、红炉馆。大茶馆中的红炉馆,也像饽饽铺中的红炉,专做满汉饽饽,惟较饽饽铺做的稍小,价也稍廉。也能做大八件、小八件,大饽饽、中饽饽。最奇特的是"杠子饽饽",用硬面做成长圆形,质分甜咸两种。火铛上放置石子,连拌炒带烘烙,当时以"高名远"所制最为有名。红炉只四处,一即高名远,在前门外东荷包巷,面城背河,是清朝六部说差过事、藏奸纳贿的所在。现在六部已无,高名远已然改成东车站停车场。二即后门天汇轩,为提督衙门差役聚会所在。三即东安门汇丰轩,别称"闻名远"(与宣武门内海丰轩的"声名远"及前面提到的高名远共称三名远)。清代灯节,此馆两廊悬灯,大家闺秀多半坐车到此观灯。四即安定门内广和轩,俗称西大院,歇业在民国十年以后。

乙、窝窝馆。专做小吃点心，由江米艾窝窝得名，有炸排叉、糖耳朵、蜜麻花、黄白蜂糕、盆糕、喇叭糕等，至于焖炉烧饼为各种大茶馆所同有的，也是外间所不能及的。

丙、搬壶馆。介于红炉、窝窝两馆之间，亦焦焖炉烧饼、炸排叉二三种，或代以肉丁馒头。

丁、二荤铺。既不同于饭庄，又不同于饭馆，并且和"大货屋子"、切面铺不同，是一种既卖清茶又卖酒饭的铺子。所以名为二荤铺，并不是因为兼卖猪羊肉，也不是兼卖牛羊肉，而是因铺子准备的原料，算作一荤，食客携来原料，交给灶上去做，名为"炒来菜儿"，又为一荤。现在硕果仅存的二荤铺，已然改了饭馆，二荤变为一荤，不炒来菜儿了。二荤铺有一种北京独有的食物，就是"烂肉面"。形如卤面，卤汁较淡而不用肉片，其他作料也不十分齐全，却有一种特殊风味。前清最有名的，除二荤铺外，要首推朝阳门外"肉脯徐"。漕运盛时，日卖一猪，借着粮帮称扬，竟能远播江南。还有西长安街西头龙海轩，也是二荤铺，北京教育界有京保之争的时候，京派（校长联席会）在此集会，所以有人别称京派为"龙海派"。

庚子以前，北京大茶馆林立，除上文所举，还有所谓"天泉裕顺高名远"，崇文门外永顺轩，专卖崇文门税关和花市客商。北新桥天寿轩，专卖镶黄旗满蒙汉三固山顾客。灯市口广泰轩专卖正蓝、正白、镶白九固山顾客。阜成门大街天禄轩，专卖右翼各旗顾客。护国寺西口外某轩，则因柳泉居酒好，能招徕一部分食客。天寿、广泰、广和三处，因为能直接赶车入内，高等人士、有车阶级，多半喜欢在天棚下饮酒下棋，所以特别兴盛一时。

书茶馆

书茶馆以演述评书为主。评书分"白天""灯晚"两班。白天由下午三四时开书，至六七时散书。灯晚由下午七八时开书，十一二时散书。更有在白天开书以前，加一短场的。由下午一时至三时，名曰"说早儿"。凡是有名的评书角色，都是轮流说白天灯晚，初学乍练或无名角色，才肯说早儿。不过普通书茶馆都不约早场。说评书的以两个月为一转。到期换人接演。凡每年在此两月准在这家茶馆演述的，名"死转儿"。如遇闰月，另外约人演述一月的，名"说单月"。也有由上转连说三个月的，也有单月接连下转演述三个月的，至于两转连说四个月，是很少的，那要看说书的号召力和书馆下转有没有安排好人。总而言之，不算正轨。

书茶馆开书以前可卖清茶，也是各行生意人集会的"攒儿"、"口子"，开书后是不卖清茶的。书馆听书费用名"书钱"。法定正书只说六回，以后四回一续，可以续至七八次。平均每回书钱一小枚铜元。

北京是评书发源地，一些评书名角，大半由北京训练出来，可是北京老听书的，也有特别经验，特别有准确耳朵。艺员一经老书客评价，立刻便享盛名。北京说书的就怕东华门、地安门，因为东华门外东悦轩和后门外一溜胡同同和轩（后改广庆轩），两处书客都极有经验，偶一说错，须受批评，以至不能发达。实在说起来，也只有东悦轩、同和轩的布置、装修，才够十足的北京书馆。此外要算天桥的福海轩，因为天桥是游戏场所，不挂常客，所以任何说书的都能由福海轩挣出钱来。

茶馆里说的评书主要有这几类：

长枪袍带书 像《列国》、《三国》、《西汉》、《东汉》、《隋唐》、《精忠》、《明英烈》等一些带盔甲赞、刀枪架、马上交战的评书，都属于这一类。凡是武人出来的开脸、交战的架子，都千篇一律。比如黑脸人，必全身皆黑，什么"乌油盔铠，皂色缎锦征袍，坐下乌骓马，手掌皂缨枪"一类的本子。

小八件书 就是所谓公案书，也叫侠义书，像《大宋八义》、《七侠五义》、《善恶图》、《永庆升平》、《三侠剑》、《彭公案》、《施公案》、《于公案》等，内容叙述行侠仗义、保镖护院、占山为王，以一个官员查办案件，或放赈灾民为线索，中道遇见山贼草寇、恶霸强梁，以手下侠义英雄剿灭盗贼，为公案书中主要线索。有时也插入奇情案件，用化装侦得案情，大快人心，并且增加听众智慧。像袁杰英说《施公案》的"赵璧巧摆罗圈会"、"巧圆四命案"、"张家寨拿鹞雕反串翠屏山"等都极见巧思。有时书情穷尽了，必定穿插国家丢失陈设古玩、大官丢印，以及丢官、春云再展，另布新局。书情有组织的，以《七侠五义》为最好。可惜不如说清代公案书的火炽。还有《善恶图》，组织穿插都好，只是没有印本。演述的以广杰明专长，已于去年死去，现在只有阿阔群能继续他师父的盛业了。《善恶图》眼看将失传，已被各公案书窃去情节不少，如能有人写成小说，一定能受欢迎。

公案书中讲究变口，如《永庆升平》的马成龙的山东口音，《小五义》徐良的山西口音，《施公案》张玉、夏天雄的南方口音，哪部公案书都有的。不过只许变这三种口音，以外的口音是不许变的。好一点说公案书的，凡书中有特性的都能学出不同声调来。像袁杰英说赵璧,杜克雄、赵元霸、阎伯涛学贺仁杰咬舌童音,十分有趣。说评书的规矩,一不许批讲文义(《聊斋志异》除外),二不许学书中人对骂的话,三遇书中有二人对话,只能以声调区分,不许用"某人说"。所以凡是善于说书的,一开口便知是学的某人。死去的评书大王双厚坪和他徒弟杨云清,以及袁杰英,最能描摹书中人的个性。就是长枪袍带书,其中的岳飞、岳云、牛皋,也要分个清楚的。还有介于袍带公案之间的评书,如《水浒》,也有列阵开仗,也有公差办案,也有光棍土豪,也有儿女私情,是一部极不好说的书。

当日双厚坪说《水浒》,武松、鲁智深、李逵的个性绝不相同,阮小二、阮小五、阮小七的三副相似而实不一样的面孔,令人听得耳目清朗。尤擅长的是说挑帘裁衣,武松杀嫂,一个"十分光"能说五天,听众没有一个愿意散书的。能继双厚坪衣钵的,只有杨云清。云清有两部书,一是《济公传》,一是《水浒》,凡听杨云清的,就是一段听几次也不烦厌,因为他抖的荤素包袱,都是随时变换,没有死包袱的。过去说公案书的,以潘诚立、田岚云最得书座赞许,享了一世盛名。过去说公案书的,以群福庆的《施公案》、《于公案》最好,有"活黄天霸"的别称。凡是想听书过瘾的,最好是听群福庆,尤其后套《施公案》、前套《于公案》,常应听众特烦,享了四十年大名。群福庆的徒弟不少,都是"荣"字,能得他神髓的,只有一个张荣玖。还有一个间接徒弟廷正川,能传他的《于公案》。以外说公案书较比不错的,海文泉可以算一个,中年时很能叫座儿,能说《济公传》、《永庆升平》,每到一转儿完了的末两日,必要特别加演"逛西庙"(护国寺)、"断国服"、"大改行",比现在相声强多了。

神怪书 有内丹图《西游》、外丹图《封神榜》、《济公传》几种。说《西游》的是道门评书,创兴才几十年,共传"永、有、道、义"四代。说书时打渔鼓,卖沉香佛手饼。我听过李有源和他徒弟奎道顺以及奎道顺的徒弟邢义儒、什义江说的《西游》。到奎道顺时免去渔鼓,到"义"字辈时连沉香佛手饼都不做了。李有源以"活猴"出名,奎道顺以"活八戒"出名。我在幼年很中了许多日子的《西游》迷。因为说《西游》时要学孙猴、八戒五官四肢乱动,幼童听了容易出毛病,所以一般家长都禁止小孩子到书馆去听《西游》。《西游记》在评书界已算失传,庆有轩(老云里飞)已然不能再说,只有一位没下海的李君(是奎道顺的得意弟子,因曾救奎命得传《西游》，现在东城某小学服务，是不肯出台的了）。

《封神榜》较《西游记》火炽，双厚坪能说此书，也是双厚坪临死所说的最后一部书。双厚坪出语滑稽，《封神榜》上所有神仙，皆另加以外号，例如说长耳定光仙的耳朵拉下，便成弥勒佛，所以称弥勒佛为"大定子"，因旗人中下社会称人全在姓下加子（音咂）。有人认为双子唐突神仙过甚，所以一病不起，这也未免太迷信。现在说《封神榜》的很少，李杰恩还算不错。

《济公传》也以双厚坪最好，以后能说的很多，能由济公降生说到擒韩殿。济公被罪二次渡世的，只有杨云清。云清说《济公传》互有得失，得是：一能顾全济公的罗汉身份，不至说成妖人疯魔；二是所加材料所抖包袱，都是本地风光，尤以"官人办案"和"斗蟋蟀"为拿手戏。这是因为杨云清曾经当过官人的缘故，所以说忤作验尸，近情近理，宛如眼见。失是：过于细致，进度太慢。再者过于顾全济公身份，所以凡在济公现法身，总是不尽其辞，未免矜持。杨云清死后，就以刘继业所说《济公传》为最好了。他的长处是能满足书座的欲望，能多给人们书听和加力渲染济公法力，短处是长告假歇工和欠于细致。

《聊斋志异》自清末宗室德君创为评书后，也出了很多人才，不过太不好说。太文了不行，太俗也不行，解释典故要天衣无缝，和原文事实吻合才好。

近年很有几个说《聊斋》的，死去的董云坡，以文雅幽默见长，很受欢迎。我曾连续听了四个月，能令人回味。现在最好的要属天津陈士和。陈士和能把《聊斋》说成世俗的事，但又俗不伤雅。他的长处是能用扣子，这是其他说《聊斋》的人所不能的。还有已然残废了的曹卓如，虽比不上董、陈，也还不坏。近年人们生活困难，勉强听书的已属不易，所以唯一拉书座的方法，就是多给书听，像品正三的《隋唐》，本很平常，但能在两个月内由《隋唐》说到残唐五代，书量较旁人多五六倍以上。因之荣膺"品八套"的美名，生意也因此而大发达了。

书茶馆约聘一年的说书人，例在年前预定，预备酒席，款待先生，名曰"请支"，一年一次，就是死转也得邀请。有的不请支，名曰"不买书"。说书每日收入，皆按三七下账，书馆三成，说书先生七成，遇有零头，便不下账，统归先生。说书先生遇有旧相知，在书钱以外另给的钱，也归先生。例如杨云清说书时，曹君伯英每次总是加赠一元的。在每转的首日末日，所得书钱不下账，皆归说书人。在每转末一日，凡是常听书的老书座,都在书钱以外另赠"送行钱",不拘多少,以资联络感情。

野茶馆

北京在前清时代,禁苑例不开放。故宫、太庙、社稷坛、三海当然不能开放,就是什刹海的临时市场也是民国五年才开办的。城内除陶然亭、窑台以外,是没有游憩地方的。那时都人游憩,只有远走城外。夏日二闸有香会、什不闲、八角鼓助兴,"大花障"、"望海楼"十分兴盛。一进五月,朝阳门、东便门、二闸来往游船,络绎如织。两岸芦荻槐柳,船头唱着"莲花落",不但热闹非常,而且清凉爽快。还有永定门外沙子口四块玉茶馆,也是北京郊外有名茶馆,有跑道可以跑车跑马,每年春秋两季十分热闹。夏天有八角鼓、什不闲小曲,贵族王侯、名伶大贾都要前去消遣的。再有东直门外自来水厂东北的"红桥茶馆",规模宏大,由明代到清末,兴盛了三百多年。前清末年,"抓髻赵"曾在此唱莲花落,于今片瓦无存了。以上所说二闸、四块玉、红桥等处,虽然地处郊外,但不能直谓之野茶馆,因为这三处茶馆都以娱乐为目的,和清末民初的朝阳门外菱角坑相同，都是唱曲小戏的所在。野茶馆是以幽静清雅为主，矮矮的几间土房，支着芦箔的天棚，荆条花障上生着牵牛花，砌土为桌凳，砂包的茶壶，黄沙的茶碗，沏出紫黑色的浓苦茶，与乡村野老谈一谈年成，话一话桑麻，眼所见的天际白云，耳所听的蛙鼓蛩吟，才是"野茶馆"的本色。据记忆郊外的野茶馆有这几处。

麦子店茶馆 在朝阳门外麦子店东窑，四面芦苇，地极幽僻，和北窑的"窑西馆茶馆"类似，渔翁钓得鱼来，可以马上到茶馆烹制，如遇疾风骤雨，也可以避雨，所以至今还能屹然独存。麦子店附近水坑还产生鱼虫，尤其多有苍虫，因此养鱼的鱼把式每年要到此地捞鱼虫。在前清时宫内鱼把式也以麦子店为鱼虫总汇，由二月至九月，在这八个月的麦子店野茶馆，真有山阴道上之势。夕阳西下，肩着鱼竿的老叟，行于阡陌之间，颇有画图中人的意味。

六铺炕野茶馆 在安定门外西北里许地，四面全是菜园子，黄花粉蝶，新绿满畦，老圃桔槔伴着秧歌，令人有出尘的念头。六铺炕因有土炕而得名。到此喝茶的以斗叶子牌为主要目的，"打十胡"、"开赏"、"斗梭胡"，也有"顶牛儿"、"打天九"的，总以消遣为主，并不在乎输赢，所以没有"牌九"、"开宝"、"摇摊"等一类名色。每到红日西斜,赢家出钱买酒肴,共谋一醉,然后踏着月色赶城门,也倒别有情趣。

绿柳轩野茶馆 在安定门东河沿的河北。茶馆在一个土山凹里,四周重重杨柳,主人开池引水,种满荷花,极有诗意。夏日有棋会、谜语会,北面辟地几弓,供各香会过排,颇能吸引众多的茶座。

葡萄园 在东直、朝阳两门中间,西面临河,南面东面临菱角坑的荷塘,北面葡萄百架,老树参天,短篱缭绕,是野茶馆中首屈一指所在。夏日有谜社、棋会、诗会、酒会,可称是冠盖如云。

"上龙"、"下龙" 在北京没有洋井之先,甜水很是难得。城内大甜水井,每天卖水钱就能收入一个五十两的银元宝。然被北京人盛称为"南城茶叶北城水"的"北城水",却是指"上龙"、"下龙"而言了。"上下龙"在安定门外西北半里地,"上龙"在北,"下龙"在南,相离不过百步。前清盛时,"上龙"北邻有兴隆寺古刹,地势很高,寺北积水成泊,大数十亩。庙内僧人以配殿设茶座,开后壁的窗户,可以远望西山北山,平林数里,燕掠水面,给欣赏上龙水的烹一壶雨前茶,倒也别有风趣。庙内有三百年"文王树"一株,开花时香笼满院,很能招徕一些文人。现在"下龙"井已然坍毁填平,兴隆寺也破烂不堪,只有"上龙"还因井主毛三先生经营保留到现在。一株古老空心的柳树斜覆在井上,井东空地支有席棚,井南葡萄一架,西南环有苇塘。主人卖茶卖酒,也做些村肴馒头出卖,生意还不错。一间斗大土房,建在两丈高的土坡上。冬日临窗小饮,远村传来卖年画的货声,仿佛三十年前了。

三岔口野茶馆 在德胜门外西北、撞钟庙附近。茶馆坐西朝东,直对德胜门大道,房后树木成林,矮屋三间,生意颇为兴隆。城内闲人到此喝野茶的固然很多,但主要是因为德胜门果行经纪在此迎接西路果驼的缘故。

白石桥野茶馆 在西直门外万寿寺东。清代三山交火各营驻兵的往还,万寿寺的游旅,均以白石桥为歇脚的地方,所以白石桥野茶馆到今日还存在着。高梁桥、白石桥之间水深鱼肥,柳枝拂水,荻花摇曳。很有许多凑趣的人,乘船饮酒,放乎中流,或船头钓鱼,白石桥野茶馆便更热闹起来。

清茶馆

清茶馆专以卖茶为主,也有供给各行手艺人作"攒儿"、

"口子"的。凡找某行手艺人的，便到某行久站的茶馆去找。手艺人没活干，到本行茶馆沏壶茶一坐，也许就能找到工作。清茶馆也有供一般人"摇会"、"抓会"、"写会"的，也有设谜社的，也有设棋社的。例如，围棋国手崔云趾君，曾在什刹海二吉子茶馆，象棋国手那健庭君，曾在隆福寺二友轩，全是清茶馆的韵事。

茶酒馆

茶馆卖酒，规模很小，不但比不过大酒缸，连小酒铺都比不上。茶酒馆虽然卖酒，并不预备酒菜儿，只有门前零卖羊头肉、驴肉、酱牛肉、羊腱子等，不相羼混。凡到茶酒馆喝酒的，目的在谈天，酒是次要的了。

茶坊哲学

范烟桥

江浙之间多茶坊,大约还是南宋时始盛。一般人以为废时失业,就是吃茶人也自以为无聊消遣,可是就我观察,却大不其然,吃茶不能说完全无益,可以引"博弈犹贤"的话来解嘲。

譬如约朋友,不惯信守时间的中国人,往往约在上半天来访的,等到晚上还不见光降。倘然约在茶坊里,先到的可以品茗静待,不至枯坐寂寞。有时只约了甲,却连带会遇见了乙、丙诸人,岂不便利。

苏州的茶坊,可以租看报纸,大报一份只需

铜元四枚，小报一份只需铜元一枚。像现在报纸层出不穷，倘然多看几份，每月所费不赀，到了茶坊，费极少的钱，可以看不少的报纸，岂不便宜合算。

还有许多新闻，是报纸所不载的，我们可以从茶客中间听到。尤其是在时局起变化的时候，可以听到许多是供参考的消息，比看报更有益。单就吴苑讲，有当地的新闻记者，有各机关的职员，他们很高兴把得到的比较有价值的消息，公开给一般茶客的。

茶坊又是常识的供应所，因为茶客品类复杂，常有各种专门的经验，在谈话时发挥出来。我们平时要费掉许多工夫才能知道的，在茶坊可以不劳而获。所以图书馆是百科大学，茶坊是活的图书馆。

茶客的品性，当然各如其面，至不一律，倘然以人为鉴，可以增进我们的道德。譬如吝啬的人，吃了几回茶，至少可以慷慨一些。迂执的人，吃了几回茶，至少可以旷达一些。

中国太缺少娱乐了，一天工作辛苦，没有片刻的娱乐，精神上何等苦痛，像都市里，只有赌嫖烟等等有害无益的消遣，非但不能得到安慰，反而增加了烦恼。至于吃茶，那是绝对没有什么损害的。往往受了委屈，到了茶坊，和几个茶友谈天说地了好一会儿，顿时可以把苦闷全丢到爪哇国去。因为茶坊里除掉为了争执来吃讲茶的以外，大多数脸上总是浮起一点笑意的。

倘然要知道些市面，也不能不到茶坊里坐坐。这几天蟹女多少钱一两？美丽牌香烟哪一家贱一个铜元？哪里的牛奶最好？甚至什么地方有什么特产？这时候有什么时鲜东西？都能从茶客谈话中听到。尤其是商店大廉价，何种的确价廉物美、何种不过是欺人之术？听了可以不至上当吃亏。

再进一步说，尽有许多学问，也可以在茶坊中增进的。因为有许多学者，也常到茶坊里来的。像某字应做何音？某种应酬文字应如何称呼？泉人的作品如何？某人的主义如何？某人最诚恳可以为友，某人最宏博可以为师，人物的衡鉴，正在茶客的嘴上。

现在的物质享用，可算得日新月异而岁岁不同了。时常有茶客，把新见到的器物，介绍给茶友，比走到商店里去采办，更多一点实验的机会。小而言之，可以知道什么牌子的东西来得经久耐用？怎样用法可以事半功倍？

最重要的是一个问题的发生，倘然在自己家里一时不容易解决，可以到茶坊，和茶友去商榷。因为日常相见的茶友，总是很热忱的，很肯发表意见的。倘然身体上有些小毛病，要打听"单方"，更是便当，几个茶客，可以凑成一部万宝全书的。

这个年头，正是多事之秋，吃官司是家常便饭，那么这个法律顾问，也可以向茶客中义务委任的。因为有许多律师，常到茶坊来休息，有什么问题，可以不费一文谈话费，而向他们请教的。

假使是失业者，没有门路可走，正宜常到茶坊，拣有势力有权威的茶友，和他接近。好在茶坊里是一切平等的，到他们家里，说不定要挡驾，到茶坊里，是不能避而不见的。即使此法不行，还有出路可走。哪里正在物色何种人物？哪里快要辞去何人？何人和某公司接近？何人和某机关的头脑熟识？何项位置有多少薪水？何项职务最有进展希望？差不多职业指导所就在那里。

苏州人还有一个奇异的名词，唤做"茶馆上谕"。意思是说，茶坊里有一种不可思议的舆论，去比评一桩事件，比报纸的社论，法院的判决书，还要有力。某人说过，倘然袁世凯常到吴苑来听听"茶馆上谕"，决不会想做洪宪皇帝的。尽有十恶不赦的人，会给"茶馆上谕"申诉得服服帖帖。因为十目所视，十手所指，他不能不内疚神明啊。

政客的论调，是偏激的，有背景的。独有"茶馆上谕"是公平的，是没有作用的，所以在"茶馆上谕"里，可以保存一点真是非。

以上都是从好的一方面说，凡事有好必有坏，不过好坏还在自择，难道不吃茶的人，不干坏事的么？不过这些话，够不上称哲学，要请哲学家原谅的。

碗底有沧桑

张恨水

"上夫子庙吃茶"（读作错平声），这是南京人趣味之一。谈起真正的吃茶趣味，要早，真要夫子庙畔，还要指定是奇芳阁六朝居这四五家茶楼。你若是个要睡早觉的人被朋友们拉上夫子庙去吃回茶，你真会感到得不偿失。可是有人去惯了，每早不去吃二三十分钟茶，这一天也不会舒服，这就是我上篇"风檐尝烤肉"的话，这就是趣味吗！

这里单说奇芳阁吧，那是我常去的地方，我也只有这里最熟。这一家茶楼，面对了秦淮河（不管秦淮碧或黑,反正字面是美的),隔壁是夫子庙前广场,是个热闹中心点。无论你去得多么早,这茶楼上下,已是人声哄哄,高朋满座。我大概到的时候,是八点钟前,七点钟后,那一二班吃茶的人,已经过瘾走了。这里面有公务员与商人,并未因此而误他的工作,这是南京人吃茶的可取点。我去时当然不止一个人踏着那涂满了"脚底下泥"的大板梯,上那片敞楼。在桌子缝里转个弯,奔上西角楼的突出处,面对了楼下的夫子庙坐下。始而因朋友关系,无所谓来这里,去过三次,就硬是非这里不坐。四方一张桌子,漆是剥落了,甚至中间还有一条缝呢。桌子有的是茶碗碟子、瓜子壳、花生皮、烟卷头、茶叶渣,那没关系。过来一位茶博士,风卷残云,把这些东西搬了走,肩上抽下一条抹布,立刻将桌面扫荡干净。他左手抱了一叠茶碗,还连盖带茶托,右手提了把大锡壶来。碗分散在各人前,开水冲下碗去,一阵热气,送进一阵茶香,立刻将碗盖上,这是趣味的开始。桌子周围有的是长板凳方几子,随便拖了来坐,就是很少靠背椅,躺椅是绝对没有。这是老板整你,让你不能太舒服而忘返了。你若是个老主顾,茶博士把你每天所喝的那把壶送过来,另找一个杯子,这壶完全是你所有。不论是素的,彩花的,瓜式的,马蹄式的,甚至缺了口用铜包着的，绝对不卖给第二人。随着是瓜子、盐花生、糖果、纸烟篮、水果篮，有人纷纷的提着来揽生意，卖酱牛肉的，背着玻璃格子，还带了精致的小菜刀与小砧板。"来六个铜板的。"座上有人说。他把小砧板放在桌上，和你切了若干片，用纸片托着，撒上些花椒盐。此外，有我们永远不照顾的报贩子，自会送来几份报。有我们永远不照顾的眼镜贩或带子贩、钢笔贩，他们冷眼的擦身过去，于是桌上放满了花生、瓜子、纸烟等类了，这是趣味的继续。这里有点心牛肉锅贴，菜包子，各种汤面，茶博士一批批送来。然而说起价钱，你会不相信，每大碗面，七分而已。还有小干丝，只五分钱。熟的茶房，肯跑一趟路，替你买两角钱的烧鸭，用小锅再煮一煮。这是什么天堂生活！

我不能再写了，多写只是添我伤感。我们每次可以在这里会到所要会的朋友，并可以在这里商决许多事业问题，所耗费的时间是半小时上下，金钱是一元上下，这比万元请客一次，其情况怎样呢？在后方遇到南京朋友，也会拉上小茶馆吃那毫无陪衬的沱茶，可是一谈起夫子庙，看着茶碗，大家就黯然了。

听说奇芳阁烧掉之后，又重建了。老朋友说："回到南京的第二天早上,我们就在那里会面吧!""好的!"可是分散日子太久,有些老朋友已经永远不能见面了。

原载一九四五年十一月十四日重庆《新民报》

三

酒饮微醺,乐陶陶

谈 酒

周作人

  这个年头儿,喝酒倒是很有意思的。我虽是京兆人,却生长在东南的海边,是出产酒的有名地方。我的舅父和姑父家里时常做几缸自用的酒,但我终于不知道酒是怎么做法,只觉得所用的大约是糯米,因为儿歌里说,"老酒糯米做,吃得变nionio"——末一字是本地叫猪的俗语。做酒的方法与器具似乎都很简单,只有煮的时候的手法极不容易,非有经验的工人不办,平常做酒的人家大抵聘请一个人来,俗称"酒头工",以自己不能喝酒者为最上,叫他专管鉴定煮酒的时节。有一个远房亲戚,我们叫他"七斤公公",——他是我舅父的族叔,但是在他家里做短工,所以舅母只叫他作"七斤老",有时也听见她叫"老七斤",是这样的酒头工,每年去帮人家做酒;他喜吸旱烟,说玩话,打麻将,但是不大喝酒(海边的人喝一两碗是不算能喝,照市价计算也不值十文钱的酒),所以生意很好,时常跑一二百里路被招到诸暨、嵊县去。据他说这实在并不难,只须走到缸边屈着身听,听见里边起泡的声音切切察察的,好像是螃蟹吐沫(儿童称为蟹煮饭)的样子,便拿来煮就得了;早一点酒还未成,迟一点就变酸了。但是怎么是恰好的时期,别人仍不能知道,只有听熟的耳朵才能够断定,正如骨董家的眼睛辨别古物一样。

大人家饮酒多用酒钟,以表示其斯文,实在是不对的。正当的喝法是用一种酒碗,浅而大,底有高足,可以说是古已有之的香槟杯。平常起码总是两碗,合一"串筒",价值似是六文一碗。串筒略如倒写的凸字,上下部如一与三之比,以洋铁为之,无盖无嘴,可倒而不可筛,据好酒家说酒以倒为正宗,筛出来的不大好吃。唯酒保好于量酒之前先"荡"(置于水器内,摇荡而洗涤之谓)串筒,荡后往往将清水之一部分留在筒内,客嫌酒淡,常起争执。故喝酒老手必先戒堂馆以勿荡串筒，并监视其量好放在温酒架上。能饮者多索竹叶青，通称曰"本色"，"元红"系状元红之略，则着色者，唯外行人喜饮之。在外省有所谓花雕者，唯本地酒店中却没有这样东西。相传昔时人家生女，则酿酒贮花雕（一种有花纹的酒坛）中，至女儿出嫁时用以饷客，但此风今已不存，嫁女时偶用花雕，也只临时买元红充数，饮者不以为珍品。有些喝酒的人预备家酿，却有极好的，每年做醇酒若干坛，按次第埋园中，二十年后掘取，即每岁皆得饮二十年陈的老酒了。此种陈酒例不发售，故无处可买，我只有一回在旧日业师家里喝过这样好酒，至今还不曾忘记。

我既是酒乡的一个土著，又这样的喜欢谈酒，好像一定是个与"三酉"结不解缘的酒徒了。其实却大不然。我的父亲是很能喝酒的，我不知道他可以喝多少，只记得他每晚用花生米、水果等下酒，且喝且谈天，至少要花费两点钟，恐怕所喝的酒一定很不少了。但我却是不肖，不，或者可以说有志未过，因为我很喜欢喝酒而不会喝，所以每逢酒宴我总是第一个醉与脸红的。自从辛酉患病后，医生叫我喝酒以代药饵，定量是勃阑地每回二十格阑姆，蒲桃酒与老酒等倍之，六年以后酒量一点没有进步，到现在只要喝下一百格阑姆的花雕，便立刻变成关夫子了（以前大家笑谈称作"赤化"，此刻自然应当谨慎，虽然是说笑话）。有些有不醉之量的，愈饮愈是脸白的朋友，我觉得非常可以欣羡，只可惜他们愈能喝酒便愈不肯喝酒，好像是美人之不肯显示她的颜色，这实在是太不应该了。

黄酒比较的便宜一点，所以觉得时常可以买喝，其实别的酒也未尝不好。白干于我未免过凶一点，我喝了常怕口腔内要起泡，山西的汾酒与北京的莲花白虽然可喝少许，也总觉得不很和善。日本的清酒我颇喜欢，只是仿佛新酒模样，味道不很静定。蒲桃酒与橙皮酒都很可口，但我以为最好的还是勃阑地。我觉得西洋人不很能够了解茶的趣味，至于酒则很有功夫，决不下于中国。天天喝洋酒当然是一个大的漏卮，正如吸烟卷一般，但不必一定进国货党，咬定牙根要抽净丝，随便喝一点什么酒其实都是无所不可的，至少是我个人这样的想。

喝酒的趣味在什么地方？这个我恐怕有点说不明白。有人说，酒的乐趣是在醉后的陶然的境界，但我不很了解这个境界是怎样的，因为我自饮酒以来似乎不大陶然过，不知怎的我的醉大抵都只是生理的，而不是精神的陶醉。所以照我说来，酒的趣味只是在饮的时候，我想悦乐大抵在做的这一刹那，倘若说是陶然那也当是杯在口的一刻罢。醉了，困倦了，或者应当休息一会儿，也是很安舒的，却未必能说酒的真趣是在此间。昏迷，梦魇，呓语，或是忘却现世忧患之一法门；其实这也是有限的，倒还不如把宇宙性命都投在一口美酒里的耽溺之力还要强大。我喝着酒，一面也怀着"杞天之虑"，生恐强硬的礼教反动之后将引起颓废的风气，结果是借醇酒妇人以避礼教的迫害，沙宁（Sanin）时代的出现不是不可能的。但是，或者在中国什么运动都未必彻底成功，青年的反拨力也未必怎么强盛，那么杞天终于只是杞天，仍旧能够让我们喝一口非耽溺的酒也未可知。倘若如此，那时喝酒又一定另外觉得很有意思了吧？

民国十五年六月二十日，于北京。

吃酒的本领

周作人

我的平生恨事之一是不曾进过大酒缸。大酒缸原是在那里,要进去就可以进去,可是我没有这个资格,进去了不能喝酒,或者喝不上一两白酒,就变成了一个大红脸,自己头痛不打紧,还惹得堂官的笑话。照道理讲,那么可以算了,但是我有一个成见,以为吃酒是好的,吃烟倒全不在乎,酒不能吃自己总觉得是个缺恨。

先君是很能吃酒的,我又看乡下的劳苦民众几乎无不能吃酒,实在他们也无所谓能不能,大概吃酒吃茶的本领不大有什么区别,平常难得遇到,有的时候呷上两大"三炉碗",男女老少都不算什么,大概总可能有一斤之谱吧。我的成见即是从这里发生的,也可以说是对于酒的好意,这不但是赞成别人,而且自己也想迎头赶上去,可惜才力不及,努力多少年却仍无进步,深感到孔子的话不错,上智与下愚不移,我的吃酒的资质可以由此证明是下愚无疑了。我真羡慕有几位乡兄,他们一坐下,推销两三斤老酒,或是八两的白干,是没有问题的,假如交给我喝,一升瓶的黄酒我总可以吃上二十天,在立夏以后这酒不但出气而且也要酸了。

平常烟酒与茶大家看得不一样,茶被列入开门七件事之中,酒与烟却排斥在外。烟是后起的东西,或者难怪,酒则不应当除外的。或云,茶字为的押韵,如云柴米盐油酱醋酒,那就不成诗了,这话的确也说的有几分理由。

一九五〇年五月五日

饮 酒

梁实秋

酒实在是妙。几杯落肚之后就会觉得飘飘然、醺醺然。平素道貌岸然的人，也会绽出笑脸；一向沉默寡言的人，也会议论风生。再灌下几杯之后，所有的苦闷烦恼全都忘了，酒酣耳热，只觉得意气飞扬，不可一世，若不及时知止，可就难免玉山颓欹，剔吐纵横，甚至撒疯骂座，以及种种的酒失酒过全部的呈现出来。莎士比亚的《暴风雨》里的卡力班，那个象征原始人的怪物，初尝酒味，觉得妙不可言，以为把酒给他喝的那个人是自天而降，以为酒是甘露琼浆，不是人间所有物。美洲印第安人初与白人接触，就是被酒所倾倒，往往不惜举土地畀人以交换一些酒浆。印第安人的衰灭，至少一部分是由于他们的荒腆于酒。

我们中国人饮酒，历史久远。发明酒者，一说是仪逖，又说是杜康。仪逖夏朝人，杜康周朝人，相距很远，总之是无可稽考。也许制酿的原料不同、方法不同，所以仪逖的酒未必就是杜康的酒。尚书有《酒诰》之篇，谆谆以酒为戒，一再的说"祀兹酒"（停止这样的喝酒），"无彝酒"（勿常饮酒），想见古人饮酒早已相习成风，而且到了"大乱丧德"的地步。三代以上的事多不可考，不过从汉起就有酒榷之说，以后各代因之，都是课税以裕国帑，并没有寓禁于征的意思。酒很难禁绝，美国一九二〇年起实施酒禁，雷厉风行，依然到处都有酒喝。当时笔者道出纽约，有一天友人邀我食于某中国餐馆，入门直趋后室，索五加皮，开怀畅饮。忽警察闯入，友人止予勿惊。这位警察徐徐就座，解手枪，锵然置于桌上，索五加皮独酌，不久即伏案酣睡。一九三三年酒禁废，直如一场儿戏。民之所好，非政令所能强制。在我们中国，汉萧何造律："三人以上无故群饮，罚金四两。"此律不曾彻底实行。事实上，酒楼妓馆处处笙歌，无时不飞觞醉月。文人雅士水边修禊，山上登高，一向离不开酒。名士风流，以为持螯把酒，便足了一生，甚至于酗饮无度，扬言"死便埋我"，好像大量饮酒不是什么不很体面的事，真所谓"酗于酒德"。对于酒，我有过多年的体验。第一次醉是在六岁的时候，侍先君饭于致美斋（北平煤市街路西）楼上雅座，窗外有一棵不知名的大叶树，随时簌簌作响。连喝几盅之后，微有醉意，先君禁我再喝，我一声不响站立在椅子上舀了一匙高汤，泼在他的一件两截衫上。随后我就倒在旁边的小木园上呼呼大睡，回家之后才醒。我的父母都喜欢酒，所以我一直都有喝酒的机会。"酒有别肠，不必长大"，语见《十国春秋》，意思是说酒量的大小与身体的大小不必成正比例，壮健者未必能饮，瘦小者也许能鲸吸。我小时候就是瘦弱如一根绿豆芽。酒量是可以慢慢磨炼出来的，不过有其极限。我的酒量不大，我也没有亲见过一般人所艳称的那种所谓海量。古代传说"文王饮酒千钟，孔子百觚"，王充《论衡·语增篇》就大加驳斥，他说："文王之身如防风之君，孔子之体如长狄之人，乃能堪之。"且"文王孔子率礼之人也"，何至于醉酗乱身？就我孤陋的见闻所及，无论是"青州从事"或"平原督邮"，大抵白酒一斤或黄酒三五斤即足以令任何人头昏目眩黏牙倒齿。惟酒无量，以不及于乱为度，看各人自制力如何耳。不为酒困，便是高手。

酒不能解忧，只是令人在由兴奋到麻醉的过程中暂时忘怀一切。即刘伶所谓"无思无虑，其乐陶陶"。可是酒醒之后，所谓"忧心如醒"，那份病酒的滋味很不好受，所付代价也不算小。我在青岛居住的时候，那地方背山面海，风景如绘，在很多人心目中是最理想的卜居之所，惟一缺憾是很少文化背景，没有古迹耐人寻味，也没有适当的娱乐。看山观海，久了也会腻烦，于是呼朋聚饮，三日一小饮，五日一大宴，豁拳行令，三十斤花雕一坛，一夕而罄。七名酒徒加上一位女史，正好八仙之数，乃自命为酒中八仙。有时且结伙远征，近则济南，远则南京、北京，不自谦抑，狂言"酒压胶济一带，拳打南北二京"，高自期许，俨然豪气干云的样子。当时作践了身体，这笔账日后要算。一日，胡适之先生过青岛小憩，在宴席上看到八仙过海的盛况大吃一惊，急忙取出他太太给他的一个金戒指，上面镌有"戒"字，戴在手上，表示免战。过后不久，胡先生就写信给我说："看你们喝酒的样子，就知道青岛不宜久居，还是到北京来吧！"我就到北京去了。现在回想当年酗酒，哪里算得是勇，直是狂。

酒能削弱人的自制力，所以有人酒后狂笑不置，也有人痛哭不已，更有人口吐洋语滔滔不绝，也许会把平夙不敢告人之事吐露一二，甚至把别人的阴私也当众抖搂出来。最令人难堪的是强人饮酒，或单挑，或围剿，或投下井之石，千方百计要把别人灌醉，有人诉诸武力，捏着人家的鼻子灌酒！这也许是人类长久压抑下的一部分兽性之发泄，企图获取胜利的满足，比拿起石棒给人迎头一击要文明一些而已。那咄咄逼人的声嘶力竭的豁拳，在赢拳的时候，那一声拖长了的绝叫，也是表示内心的一种满足。在别处得不到满足，就让他们在聚饮的时候如愿以偿吧！只是这种闹饮，以在有隔音设备的房间里举行为宜，免得侵扰他人。

《菜根谭》所谓"花看半开，酒饮微醺"的趣味，才是最令人低徊的境界。

说　酒

梁实秋

外国人喝酒,往往是站在酒柜旁边一杯一杯的往嗓子眼儿里灌,灌醉了之后是摇摇晃晃地吵架打人,以至于和女人歪缠。中国人喝酒比较文明些,虽然不一定要酒席下酒,至少也要一点花生米豆腐干之类。从喝酒的态度上来说,中国人无疑的是开化在先。

越是原始的民族,越不能抵抗酒的引诱。大家知道,美洲的红人,他们认为酒是很神秘的东西,他们不惜用最珍贵的东西(以至于土地)来换取白人的酒吃。莎士比亚所写的《暴风雨》一剧中曾描写了一个半人半兽的怪物卡力班，他因为尝着了酒的滋味，以至于不惜做白人的奴隶，因为酒的确有令人神往的效力。文明多一点儿的民族，对于酒便能比较的有节制些。我们中国人吃酒之雍容悠闲的态度，是几千年陶炼出来的结果。

一个人能吃多少酒，是不得勉强的，所以酒为"天禄"。不过喝酒的"量"和"胆"是两件事。有胆大于量的，也有量大于胆的。酒胆大的人不是不知道酒醉的苦处，是明知其苦而有不能不放胆大喝的理由在，那理由也许是脆弱得很，但是由他自己看必是严重得不得了。对于大胆喝酒的人我们应该寄与他们同情。假如一个人月下独酌，罄茅台一瓶，颓然而卧，这个人的心里不是平静的，我们可以断言。他或是忧时愤世，或是怀旧思乡，或是情场失意，或是身世飘零，总之，必有难言之隐。他放胆吞酒，是想借了酒而逃避现实，这种态度虽然值得我们同情，但是不值得鼓励。

所谓酒量，那是因人而异的，有的人吃一两块糟溜鱼片而即醺醺然，有的人喝上两三斤花雕而面不改色。不过真正大酒量也不过是三四斤花雕或是一两瓶白兰地而已。常听见人说某人能吃多少酒，数量骇闻，这是靠不住的，这只能证明一件事，证明这个说话的人不会喝酒。只有不知酒味的人才会说张三能喝五斤白干，李四能喝两打啤酒。五斤白干，一下子喝下去，那也不是不可能，因为二两鸦片也曾有人一口吞下去。两打啤酒，一顿喝下去，其结果恐怕那个人嘴里要喷半天的白沫子罢。

酒喝过量，或哭或笑，或投江或上吊，或在床上翻筋斗，或关起门来打老婆，这都是私人的事，我们管不着。惟有在公共场所，如果想要维持自己原来有的那一点点的体面与身份，则不能不注意所谓"酒德"也者。有酒德的人，不管他的胆如何，量如何，他能不因酒而令人增加对他的讨厌。我们中国人无论什么都喜欢配上四色、八色以至十色，现在谈起来酒德我也可以列举八项缺德：

  一是三杯下肚，使酒骂座，自讨没趣，举座不欢；
  二是黏牙倒齿，话似车轮，话既无聊，状尤可厌；
  三是高声叫嚣，张牙舞爪，扰乱治安，震人耳鼓；
  四是借酒撒疯，举动儇薄，丑态百出，启人轻视；
  五是酒后失常，借端动武，胜固无荣，败尤可耻；
  六是呕吐酒食，狼藉满地，需人服侍，令人掩鼻；
  七是……

我想不起来了，就算是六项罢。哪一项都要不得。善饮酒的人是得酒趣，而不缺酒德。以上我说的是关于喝酒的话，至于酒的本身，哪一种好，哪一种坏，那另有讲究，改日再续谈。

新年醉话

老　舍

　　大新年的，要不喝醉一回，还算得了英雄好汉么？喝醉而去闷睡半日，简直是白糟蹋了那点酒。喝醉必须说醉话，其重要至少等于新年必须喝醉。

　　醉话比诗话词话官话的价值都大，特别是在新年。比如你恨某人，久想骂他猴崽子一顿。可是平日的生活，以清醒温和为贵，怎好大睁白眼的骂阵一番？到了新年，有必须喝醉的机会，不乘此时节把一年的"储蓄骂"都倾泻净尽，等待何时？于是乎骂矣。一骂，心中自然痛快，且觉得颇有英雄气概。因此,来年的事业也许更顺当,更风光;在元旦或大年初二已自诩为英雄,一岁之计在于春也。反之,酒只两盅,菜过五味,欲哭无泪,欲笑无由。只好哼哼唧唧噜哩噜苏,如老母鸡然,则癞狗见了也多咬你两声,岂能成为民族的英雄?

再说,处此文明世界,女扮男装。许多许多男子大汉在家中乾纲不振。欲恢复男权,以求平等,此其时矣。你得喝醉哟,不然哪里敢!既醉,则挑鼻子弄眼,不必提名道姓,而以散文诗冷潮,继以热骂:头发烫得像鸡窝,能孵小鸡么?曲线美,直线美又几个钱一斤?老子的钱是容易挣得?哼!诸如此类,无须管层次清楚与否,但求气势畅利。每当少为停顿,则加一哼,哼出两道白气,这么一来,家中女性,必都惶恐。如不惶恐,则拉过一个——以老婆为最合适——打上几拳。即使因此罚跪床前,但床前终少见证,而醉骂则广播四邻,其声势极不相同,威风到底是男子汉的。闹过之后,如有必要,得请她看电影;虽发似鸡窝如故,且未孵出小鸡,究竟得显出不平凡的亲密。即使完全失败,跪在床前也不见原谅,到底酒力热及四肢,不至着凉害病,多跪一会儿正自无损。这自然是附带的利益,不在话下。无论怎说,你总得给女性们一手儿瞧瞧,纵不能一战成功,也给了她们个有力的暗示——你并不是泥人哟。久而久之,只要你努力,至少也使她们明白过来:你有时候也会闹脾气,而跪在床前殊非完全投降的意思。

至若年底搪债,醉话尤为必需。讨债的来了,见面你先喷他一口酒气,他的威风马上得低降好多,然后,他说东,你说西,他说欠债还钱,你唱《四郎探母》。虽曰无赖,但过了酒劲,日后见面,大有话说。此"尖头曼"之所以为"尖头曼"也。

醉话之功,不止于此,要在善于运用。秘诀在这里:酒喝到八成,心中还记得"莫谈国事",把不该说的留下;可以说的,如骂友人与恫吓女性,则以酒力充分活动想象力,务使自己成为浪漫的英雄。骂到伤心之处,宜紧紧摇头,使眼泪横流,自增杀气。

当是时也,切莫题词寄信,以免留叛逆的痕迹。必欲艺术的发泄酒性,可以在窗纸上或院壁上作画。画完题"醉墨"二字,豪放之情乃万古不朽。

《矛盾月刊》新年特大号向我要文章。写小说吧,没工夫;作诗,又不大会。就寄了这么几句,虽然没有半点艺术价值,可是在实际上不无用处。如有仁人君子照方儿吃一剂,而且有效,那我要变成多么有光荣的我哟!

　　　　　　　　　　一九三四年节——作者。

酒与水

王统照

"无人生而为饮水者。"因为惟酒有热力,有激动的资料,"水",对于疲倦衰弱者更不相宜。

人生难道为喝白水而来吗?那样清,那样淡,味道醇化了,几乎使饮者麻木了触觉与味觉。

乏味而可厌的水却被神创造出来,强迫人喝下去;除此外,人间还有更大的不平事吗?

将渴死,守着白水,明知是可以解救一时的危急,而想吃酒的热情不能自制。纵然救了渴死,而灵魂中的窒闷怎样才能消除。"酒",它能惹起你的兴奋,冰解了你的苦闷,漠视了痛苦,增加你向前去，向上去，向未来去的快步。总之，它是味，是力，是热情，是康健的保证者！

除却神经已经硬化了的人，那个不存着这样似奇异而是人类本能的欲念？

但是癫狂呢，沉迷呢？

如果对"酒"先存了如此忧恐，不是人生的"白水"早已预备到他的唇吻旁边？

他对着"水"显见得十分踌躇，智慧在一边念念有词，而热情却满泛着青春的血色，也在一边对他注视。

究竟在"水"与"酒"之间，将何所取？

他的手抖颤着。

迟疑与希求的冲突，他的手向左，向右，都无勇决的力量伸出来，而智慧与热情都等待着：一在嘲笑，一在愤怒。

而且渴念焚烧着他的中心。

惟淡能永，惟无色，无味，能清涤肠胃。人生的日常饮料，如智慧然，此外你将何求？

无力怎能创造，无热怎能发动，无激动亦无健康，此外，即有智慧，不过是狡猾地寻求，而非勇健的担承！

两种声音；两种表现；两种的敌视与执着，对他攻击。

他的手更抖颤起来。

渴念从他的心底迸发出不能等待的喊呼,冲出了他的躯壳。于是这怯懦的人终被踟蹰结束了!

而两边嘲笑与愤怒的云翳,仍然互相争长,遮盖了他的尸身。"无人生而为饮水者!"长空中有响亮的声音。

"但'酒'是人生渴时的饮物吗?"另一种声音恳切地质问。"能饮着智慧杯中调和的情感,那不是既可慰他的渴念,也可激动他的精神吗?"仿佛是一位公断官的判词。

但被渴死的他的躯壳却毫无回应。

愚与迟疑早把他的灵魂拖去了,那里只是一具待腐的躯壳而已!

一九三八,七月十日大热。

四

故事就酒，滔滔三日

谈劝酒

周作人

因为收罗同乡人著作，得见兰亭陈廷灿的《邮余闲记》初二集各二卷，初集系抄本，二集木刻本，有康熙乙亥年序，大约可以知道著书的时日。陈君的思想多古旧，特别是关于女人的，如初集卷上云：

"人皆知妇女不可烧香看戏，余意并不宜探望亲戚及喜事宴会，即久住娘家亦非美事，归宁不可过三日，斯为得之。"但是卷下有关于饮酒的一节，却颇有意思：

"古者设酒原从大礼起见，酬天地，享鬼神，欲致其馨香之意耳。渐及后人，喜事宴会，借此酬酢，亦以通殷勤，致欢欣而止，非必欲其酩酊酕醄，淋漓几席而后为快也。今若享客而止设一饭，以饱为度，草草散场，则太觉索然，故酒为必需之物矣。但会饮当有律度，小杯徐酌，假此叙谈，宾主之情通而酒事毕矣，何必大觥加劝，互酢不休，甚至主以能劝为强，客以善避为巧，竟能争智之场，又何有于欢欣哉。"又见今人钱振锽著《课余闲笔补》中一则云：

"天下第一下流莫如豁拳角酒，切记此等闹鬼千万不可容他入席。"二君都说得有理，不佞很有同意，虽然觉得钱君的话未免稍愤激一点，简单一点，似乎还该有点说明。本来赌酒也并无什么不可，假如自己真是喜欢酒喝。豁拳我不大喜欢，第一因为自己不会，许多东西觉得不喜欢，后来细细推想实在是因为不会之故，恐怕这里也是难免如此。第二，豁拳的叫声与姿势有点可畏，对角线的对豁或者还好，有时隔着两座动起手来，中间的人被左右夹攻，拳头直出，离鼻尖不过一公分，不由不感到点威吓。话虽如此，挥拳狂叫而抢酒喝，虽似粗暴，毕竟也还风雅，我想原是可以原谅的。不过这里当然有必须的条件，便是应该赢拳的人喝酒，因为这酒算是赏品。为什么呢？主人请客吃酒，那么酒一定是好东西，希望大家多喝一点，豁拳赌酒，得胜的饮，正是当然的道理。现在的规矩似乎都是输者喝酒,仿佛是一种刑罚似的,这种办法恐怕既不合理也还要算失礼吧。盖酒如是敬客的好东西,不能拿来罚人,又如是用以罚人的坏东西,则岂可以敬客乎。不佞于此想引申钱君的意思,略为改订云:主客赌酒,胜者得饮。豁拳虽俗,抢酒则雅,此事可行。如现今所为,殊无可取,则不佞对于钱君之说亦只好附议耳。

陈君没有说到豁拳,所反对的只是劝酒,大约如干杯之类。主与客互酬,本是合理的事,但当有律度,要尽量却也不可太过量,到了酩酊酕醄,淋漓几席,那就出了限度,不是敬客而是以窘人为快了。这里的意思似乎并不以酒为坏东西,乃因为酒醉是苦事的缘故吧。酒既是敬客的好东西,希望客人多喝,本来可以说是主人的好意,可是又要他们多喝以至于醉而难受,则好意即转为恶意了。凡事过度就会难受,不必一定是喝酒至醉,即吃饭过饱也是如此。我曾听过一件故事,前清有一位孝子是做知府者,每逢老太太用饭,站在旁边侍候着,老太太吃完一碗就够了,必定请求加餐,不听时便跪求,非允许添饭决不起来。老太太没法只好屈服,却恳求媳妇道,请你告诉老爷不要再孝了,我实在是受不住了。强劝喝酒的主人大有如此情形,客人也苦于受不住,却是无处告诉。先君是酒量很好的人，但是痛恨人家的强劝，祖母方面的一位表叔最喜劝酒，先君遇见他劝时就绝对不饮，尝训示云，对此等人只有一法，即任其满酾，就是流溢桌上也决不顾。此是昔者大将军对付石崇的方法，我虽佩服却不能实行，盖由意志不坚强，平常也只好应酬一半，若至金谷园中必蹈王丞相之覆辙矣。

酒本是好东西，而主人要如此苦劝恶劝才能叫客人喝下去，这到底是什么缘故呢？我想，这大抵因为酒这东西虽好而敬客的没有好酒的缘故吧。不佞不会喝酒而性独喜喝，遇酒总喝，因此颇有阅历，截至今日为止我只喝过两次好酒，一回是在教我读四书的先生家里，一回是一位吾家请客的时候，那时真是抢了也想喝，结果都是自动的吃得大醉而回。此外便都很平常，有时也会喝到些酒，盖虽是同类而且异味，这种时候大约劝酒的手段就很是必须了，输了罚酒的道理也很讲得过去。刘继庄在《广阳杂记》中云：

"村优如鬼，兼之恶酿如药，而主人之意则极诚且敬，必不能不终席，此生平之一劫也。"此寥寥数语，盖可为上文作一疏证矣。

廿六年七月十八日，在北平。

附记

阮葵生著《茶余客话》卷二十有一则云：

"俗语云，酒令严于军令，亦末世之弊俗也。偶尔招集，必以令为欢，有政焉，有纠焉，众奉命唯谨，受虐被凌，咸俯首听命，恬不为怪。陈几亭云，饮宴苦劝人醉，苟非不仁，即是客气，不然亦蠢俗也。君子饮酒，率真量情，文士儒雅，概有斯致。夫唯市井仆役以逼为恭敬，以虐为慷慨，以大醉为欢乐，士人而效斯习，必无礼无义不读书者。几亭之言可为酒人下一针砭矣。偶见宋人小说中酒戒云，少吃不济事，多吃济甚事，有事坏了事，无事生出事。旨哉斯言，语浅而意深。又几亭《小饮壶铭》曰，名花忽开，小饮。好友略憩，小饮。凌寒出门，小饮。冲暑远驰，小饮。馁甚不可遽食，小饮。珍酝不可多得，小饮。真得此中三昧矣。若酣湎流连，俾昼作夜，尤非向晦息宴之道。亭林云，樽罍无卜夜之宾，衢路有宵行之禁，故见星而行者非罪人即奔父母之丧。酒德衰而酣饮长夜，官邪作而昏夜乞哀，天地之气乖而晦明之节乱。所系岂浅鲜哉。《法言》云，侍坐则听言，有酒则观礼。何非学问之道。"

这一节在戴氏选本卷十，文句稍逊，今从王刊本。所说均有意思，陈几亭的话尤为可喜，我们不必有壶，但小饮的理想则自极佳也。

八月七日记。

附记二

赵氏刊仰视千七百二十九鹤斋丛书中有《遁翁随笔》二卷，山阴祁骏佳著，卷上有一则云：

"凡与亲朋相与，必以顺适其意为敬，唯劝酒必欲拂其意，逆其情，多方以强之，百计以苦之，则何也。而受之者虽觉其苦，亦不以为怪，而且以为主人之深爱，又何也。此事之甚戾而举世莫之察者，唯契丹使臣冯见善云，劝酒当观其量，如不以其量，犹徭役不以户等高下也，强之以不能，岂宾主之道哉。此言足醒古今之迷，乃始出于契丹使臣之口。"遁翁是明末遗民，故有此感慨，其实冯见善大概也仍是汉人，不过倚恃是使臣故敢说话，平常也会有人想到，只是怕事不肯开口，未必真是见识不及契丹人也。社会流行的势力很大，不必要有君主的威力压在上面，也就尽够统制，使人的言论不能自由，此事至堪叹息，伊勃生说少数总是对的，虽不免稍偏激，却亦似是事实。我想起李卓吾的事，便觉得世事确是颠倒着，他的有些意见实在是十分确实而且也平常，却永久被看作邪说，只因为其所是非与世俗相反耳。劝酒细事，而乃喋喋不休，无乃小题而大做乎，实亦不然。世事颠倒，有些小事并不真是小，而人事亦往往不怎么大也。

八月二十八日再记。

附记三

近日承兼士见赐抄本《平蝶园先生酒话》一册，凡四十七则，不但是说酒而且又是越人所著，更是可喜。妙语甚多，今只录其第二十四则云：

"饮酒不可猜拳，以十指之屈伸，作两人之胜负，则是争斗其民而施之以劫夺之教也。酒以为人合欢，因欢而赌，因赌而争，大杀风景矣。且所谓赢也者，以吾手指所伸之数合于彼指所伸之数，而适符吾口所猜之数，则谓之赢，反是则谓之输，然而甚无谓也。所谓赢者，其能将多余之指悉断而去之乎？所谓输者，其能将无用之指终身屈而不伸乎？静言思之，皆不可也，皆不能也。天下得酒甚难，得酒而逢我辈饮则更难，得酒而能与我辈能饮之人共饮则尤其难。夫以难得之酒而遇难饮之人，且遇难于共饮之人，吾方喜之不遑矣，又何必毒手交争为乐耶。盘中鸡肋，请免尊拳，无虎负嵎，不劳攘臂。"《酒话》有嘉庆癸酉自题记，又有咸丰元年辛亥朱荫培序，称从蝶园子筠士得见此稿，乃应其请写此序文。寒斋有朱君所著《芸香阁尺一书》二卷，正是平筠士所编刊者，书中收有与筠士札数通，虽出偶然，亦是难得，芸香阁元与秋水轩有连，前曾说及，今又见此序，乃知其与吾乡有缘非浅也。

十月三十日记于北平苦住庵。

鉴湖、绍兴老酒

曹聚仁

> 轻舟八尺,低篷三扇,占断苹洲烟雨。镜湖元自属闲人,又何必官家赐与!
> ——陆放翁《鹊桥仙·华灯纵博》

到了绍兴,便喝上鉴湖水了。鉴湖,乃是萧山绍兴间的极大蓄水池,本来周围有百多里大,开辟于东汉年间。过去二千年间,四围土田逐渐被侵蚀,没有疏浚,面积缩小到后来,只剩下十五里长的清水湖了。这便是绍兴老酒的摇篮。

说到鉴湖的源流,张宗子就指出从马臻开鉴

湖，由汉及唐得名最早。到了北宋，西湖夺取了它的宝座（西湖开辟于唐代）；鉴湖之澹远，自不及西湖之冶艳了（这是张宗子的评语）。至于湘湖（在绍属萧山），则僻处萧然，舟车罕至，因此，韵士高人，谁也不曾着眼过。

在唐代，鉴湖和一位隐士贺知章有过一段因缘。贺知章字季真，号四明狂客，会稽人。官秘书监，天宝初请为道士，求周宫湖数顷为放生池。有诏赐镜湖剡川一曲。放翁那首词中的话，就是从这一故事翻出来的。（贺知章有一首《回乡偶书》诗："少小离家老大回，乡音无改鬓毛衰。儿童相见不相识，笑问客从何处来？"乃是一直传诵的诗篇。）在我们记忆中，陆放翁与鉴湖的因缘，更是密切。我们出了绍兴偏门再向南走，便到了鉴湖，顺着湖边走三里路，便到了南宋诗人陆放翁故居"快阁"。那是放翁晚年饮酒赋诗之地。本来有些假山、石桥和春花秋水楼、飞跃处等胜地，还有藏书满架的书巢。我们曾经在快阁逗留过一晚，可是在抗战后期，日军进占绍兴时，"快阁"也就被破坏，化为陈迹了。放翁在《书巢记》中说："……吾室之内，或栖于椟，或陈于前，或枕藉于床，俯仰四顾，无非书者。吾饮食起居，疾痛呻吟，悲忧愤叹，未尝不与书俱。宾客不至，妻子不觌，而风雨雷雹之变有不知也。间有意欲起而乱书围之，如积槁枝，或至不得行，则辄自笑曰：'此非吾所谓巢者耶。'"这倒是我所最欣羡的去处。

南宋淳熙八年（1181年），放翁从江西回山阴，正月到家，这就是他经营快阁的开始，他曾写《小园》诗云：

> 小园烟草接邻家，桑柘阴阴一径斜。
> 卧读陶诗未终卷，又乘微雨去锄瓜。
> 历尽危机歇尽狂，残年惟有付耕桑。
> 麦秋天气朝朝变，蚕月人家处处忙。
> 村南村北鹁鸪声，水刺新秧漫漫平。
> 行遍天涯千万里，却从邻父学春耕。

放翁的另一遗迹，便是绍兴禹迹寺。故址上的沈园，那是他和被迫离去的妻子唐琬重逢之地，"伤心桥下春波绿，曾是惊鸿照影来"，有名的《钗头凤》悲剧，就在那儿上演的。"春如旧，人空瘦，泪痕红浥鲛绡透"，我们的耳边，一直响着这一段哀歌（鉴湖，乃是放翁洒泪的伤心地）。

> 一楫兰溪自献酬，徂年不肯为人留。

巴山频入初寒梦，江月偏供独夜愁。

——陆放翁《龟堂独酌》

我们翻看陆放翁的《剑南诗稿》，他有很多饮酒、醉中独酌的诗篇，这位诗人是会喝酒的。他颇欣赏金华兰溪的老酒，如这首诗所说的。在酒的历史上说，金华府属的义乌、兰溪，好酒的盛名，还早过了绍兴，唯一的反证就是那位葬在绍兴的大禹王，他是恶旨酒的，或许四千年前，绍兴已经酿酒了。放翁平常喝的，当然是绍兴本地的酒，他在《游山西村》中说："莫笑农家腊酒浑，丰年留客足鸡豚。"绍兴农村原是家家酿酒的。

绍兴酒是用糯米做的黄酒，和用麦或高粱做的烧酒，一辛辣，一醇甜，自是有别。绍酒之中，一般的叫花雕，坛上加花，原是贡品。（十斤装的叫京庄，专销京津；二十斤装的叫行使，专销湖广。目前小坛装的三斤，大坛装的二十五斤，上海南货店都有出售。）加料制造的，有善酿、加饭、镜面各品，酒味更醇。还有一种女贞酒，富家育女，便替她做酒加封，藏在地下，作为出嫁日宴客之用，故名女贞。酒越陈越香越醇，十年五年埋着，如《儒林外史》所写的杜家老太爷埋藏二十年的陈酒，镶了新酒,那几位酒翁,喝了才过瘾。

绍兴府属各县,都有绍酒酿坊,西郭、柯桥,沿鉴湖各村镇,散布很广;以东浦为最上,阮社次之,据说东浦以桥为界,内地也有上下床之分,那只好让行家去鉴别了。阮社村到处都是酿坊,满堤都是大肚子的酒坛,一眼看去,显得这是醉乡了。绍酒所以特别好,行家说主要条件之一是鉴湖水好。我的朋友施叔范,他是诗翁,也是酒伯。他说:真正的佳品,必须汲湖水酿造;水的成分不要过清,也不可过浊;清则质薄,日久变酸,浊则失掉清灵之气。鉴湖水,源出会稽,有如崂山泉,所含矿质,恰合酿酒之用,因此绍酒独占其美。(我个人的看法,金华酒并不在绍兴之下,只是产量不多,行销不广,让绍酒占尽声名而已。)

做酒是一种艺术。酿酒行家,叫缸头师傅。这种师傅我们家乡也有。首先把糯米浸了,再放上饭蒸(一种大木桶的蒸具)去蒸,蒸熟了,摊在竹垫上,等它凉下来,再拌上酒药;酒药的分量得有斟酌,多则味甜,少则味烈。接着把它放在大缸中"作"起来("作"即是发酵之意)。究竟"作"多少日子,那就看缸头师傅的直觉判断了;总是听得缸中沙沙作响,有大闸蟹吐沫似的,看是"作"透了,再由酒袋装入酒架,慢慢榨出来。这榨入缸中的酒汁，一坛一坛装起来。再用泥浆封了口，一坛坛放入地窖中去，普通总是半年十月，就可开坛了；一年以上，便是陈酒，市上出售的，大多是一年陈的。我不会喝酒，却懂得做酒，因此，看看别人的描述，觉得不够切实。

"作"酒时期，我们也可喝连糟酒，称之为"缸面浑"，其味较醇，却不像"酒酿"那么甜。酿了头酒以后，还可再酿一次，其味淡薄，我们乡间，称之为"旁旁酒"（不知究竟该怎么写）。

杜甫的《饮中八仙歌》，那八位酒鬼都很有趣。不过，他们喝的不是绍兴酒，汝阳王李琎，他要去的是"移封向酒泉"（今甘肃），并非到绍兴。我不会喝酒，要喝还是喝绍兴老酒。

绍兴老酒，我说过是一种糯米酒，味儿醇厚，黄澄澄的。我喝过一坛十五年陈的枣酒，那简直像酱油一般。我们一想到茅台、大曲、汾酒、高粱那股辛烈的冲劲，就觉得冬日跟夏日的不同。我们喝绍兴酒，总是一口一口地喝，让舌尖舌叶细细享受那甜甜的轻微刺激，等到喝得醉醺醺时，一种陶然的心境，确乎飘飘欲仙。我们从不像欧美人那样打开了瓶嘴，尽自向肚子灌下去，定是要喝得狂醉了才罢手的。鲁迅曾在一篇小说中，写他自己走上了一石居小酒楼，坐在小板桌旁，吩咐堂倌:"一斤绍酒。——菜?十个油豆腐,辣酱要多。"他很舒服地呷一口酒,酒味很纯正,油豆腐也煮得十分好;可惜辣酱太淡薄。这就是酒客的情调了。在绍兴喝酒的,多用浅浅的碗,大大的碗口,一种粗黄的料子,跟暗黄的酒,石青的酒壶,显得那么调和。

要说绍兴酒店的格局,鲁迅在《孔乙己》那小说的开头,有过如次的描写:当街一个曲尺形的大柜台,柜里面预备着热水,可以随时温酒。做工的人,傍午傍晚散了工,每每花四文铜钱,买一碗酒,靠柜外站着,热热地喝了休息;倘肯多花一文,便可以买一碟盐煮笋,或者茴香豆做下酒物了。店的后半雅座,摆上几个狭板桌条凳,可以坐上八九十个人,就算是很宽大的了。下酒的东西,顶普通的是鸡肫豆与茴香豆。鸡肫豆乃是白豆盐煮滤干,软硬得中,自有风味,以细草纸包做粽子样,一文一包,内有豆二三十粒。茴香豆是用蚕豆即乡下所谓罗汉豆所做,只是于煮加香料,大茴香或是桂皮,也只是一文起码,亦可以说是为限;因为这种豆不曾听说买上若干文,总是一文一抓;伙计也很有经验,一手抓去,数量都差不多,也就摆作一碟。此外现成的炒洋花生,豆腐干,盐豆豉等,大体具备。但是说也奇怪,这里没有荤腥味,连皮蛋也没有,不要说鱼干、鸟肉了。我们家乡的酒店,也是这么一个格局,假使《孔乙己》要上演,这样布局是不可少的。

说到孔乙己喝酒的咸亨酒店,周启明先生还写了几段小考证:咸亨酒店开设在东昌坊口,坐南朝北,店堂的结构与北京的大酒缸不相同。在上海一带那种格式大抵是常有的。——当街一个曲尺形的大柜台,柜台边有一两人站着喝碗酒。那情形也便差不多了。在绍兴吃老酒,用的器具与别处不大一样,它不像北京那样用瓷茶壶和盅子。店里用以烫酒的都是一种马口铁制的圆筒,口边再大一圈,形似倒写的"凸"字,不过上下部当是一与三的比例。这名字叫作銿筒,读如生銿面的銿,却是平声。圆筒内盛酒拿去放在盛着热水的桶内,上边盖板镂有圆洞,让圆筒下去,上边大的部分便搁在板上。这么温了一阵子,酒便热了。一銿筒的酒称作一提,倒出来是两浅碗;这是一种特制的碗,脚高而碗浅,大概是古代的酒盏吧。

绍兴人喝黄酒,起码两浅碗,即是一提;若是上酒店去只喝一碗,那便不大够资格。

破　晓

梁遇春

　　今天破晓酒醒时候,我忽然忆起前晚上他向我提过"空持罗带,回首恨依依"这两句词。仿佛前宵酒后曾有许多感触。宿酒尚未全醒的我,就闭着眼睛暗暗地追踪那时思想的痕迹。底下所写下来的就是还逗留在心中的一些零碎。也许有人会拿心理分析的眼光含讥地来解剖这些杂感,认为是变态的,甚至于低能的,心理的表现;可是我总是十分喜欢它们。因为我爱自己,爱这个自己厌恶着的自己,所以我爱我自己心里流出,笔下写出的文字,尤其爱自己醒时流泪醉时歌这两种情怀凑合成的东西。而且以善于写信给学生家长,而荣膺大学校长的许多美国大学校长,和单知道立身处世,势利是图的佛兰克林式的人物,虽然都是神经健全,最合于常态心理的人们,却难免得使甘于堕落的有志之士恶心。

"空持罗带,回首恨依依",这真是我们这一班人天天尝着的滋味。无数黄金的希望失掉了,只剩下希望的影子,做此刻惆怅的资料,此刻又弄出许多幻梦,几乎是明知道不能实现的幻梦,那又是将来回首时许多感慨之所系。于是乎,天天在心里建起七宝楼台,天天又看到前天架起的灿烂的建筑物消失在云雾里,化作命运的狞笑,仿佛《亚俪丝异乡游记》里所说的空中里一个猫的笑脸。可是我们心里又晓得命运是自己,某一位文豪早已说过,"性格是命运"了!不管我们怎样似乎坦白地向朋友们,向自己痛骂自己的无能和懦弱,可是对于这个几十年来寸步不离,形影相依的自己怎能说没有怜惜,所以只好抓着空气,捏成一个莫名其妙的命运,把天下地上的一切可杀不可留的事情全归诿在他(照希腊神话说,应当称为她们)的身上,自己清风朗月般在旁学泼妇的骂街。屠格涅夫在他的某一篇小说里不是说过:Destiny makes everyman, and everyman makes his own destiny.(命运定了一切人,然而一切人能够定他自己的命运。)

屠格涅夫，这位旅居巴黎，后来害了谁也不知道的病死去的老文人，从前我对他很赞美，后来却有些失恋了。他是一个意志薄弱的人，他最爱用微酸的笔调来描绘意志薄弱的人，我却也是个意志薄弱的人，也常在玩弄或者吐唾自己这种心性，所以我对于他的小说深有同感，然而太相近了，书上的字，自己心里的意思，颠来倒去无非意志薄弱这个概念，也未免太单调，所以我已经和他久违了。他在年青时候曾跟一个农奴的女儿发生一段爱情，好像还产有一位千金，后来却各自西东了，他小说里也常写这一类飞鸿踏雪泥式的恋爱，我不幸得很或者幸得很却未曾有过这么一回事，所以有时倒觉得这个题材很可喜，这也是我近来又翻翻几本破旧尘封的他的小说集的动机。这几天偷闲读屠格涅夫，无意中却有个大发现，我对于他的敬慕也从新燃起来了。屠格涅夫所深恶的人是那班成功的人，他觉得他们都是很无味的庸人，而那班从娘胎里带来一种一事无成的性格的人们却多少总带些诗的情调。他在小说里凡是说到得意的人们时，常现出貌视的微笑和嘲侃的口吻。这真是他独到的地方，他用歌颂英雄的心情来歌颂弱者，使弱者变为他书里惟一的英雄，我觉得他这种态度是比单描写弱者性格，和同情于弱者的作家是更别致，更有趣得多。实在说起来，值得我们可怜的绝不是一败涂地的，却是事事马到功成的所谓幸运人们。

人们做事情怎么会成功呢？他必定先要暂时跟人世间一切别的事物绝缘，专心致志去干目前的勾当。那么，他进行得愈顺利，他对于其他千奇百怪的东西越离得远，渐渐对于这许多有意思的玩意儿感觉迟钝了，最后逃不了个完全麻木。若使当他干事情时，他还是那样子处处关心，事事牵情，一曝十寒地做去，他当然不能够有什么大成就，可是他保存了他的趣味，他没有变成个只能对于一个刺激生出反应的残缺的人。有一位批评家说第一流诗人是不做诗的，这是极有道理的话。他们从一切目前的东西和心里的想象得到无限诗料，自己完全浸在诗的空气里，鉴赏之不暇，那里还有找韵脚和配轻重音的时间呢？人们在刺心的悲哀里时是不会做悲歌的，Tennyson 的 In Memoriam 是在他朋友死后三年才动笔的。一生都沉醉于诗情中的绝代诗人自然不能写出一句的诗来。感觉钝迟是成功的代价，许多扬名显亲的大人物所以常是体广身胖，头肥脑满，也是出于心灵的空虚，无忧无虑麻木地过日。归根说起来，他们就是那么一堆肉而已。

人们对于自己的功绩常是带上一重放大镜。他不单是只看到这个东西，瞧不见春天的花草和街上的美女，他简直是攒到他的对象里面去了。也可说他太走近他的对象，冷不防地给他的对象一口吞下。近代人是成功的科学家，可是我们此刻个个都做了机械的奴隶，这件事聪明的 Samuel Butler 六十年前已经屈指算出，在他的杰作《虚无乡》(*Erewhon*)里慨然言之矣。崇拜偶像的上古人自己做出偶像来跟自己打麻烦，我们这班聪明的，知道科学的人们都觉得那班老实人真可笑，然而我们费尽心机发明出机械，此刻它们翻脸无情，踏着铁轮来蹂躏我们了。后之视今，犹今之视昔，真不知道将来的人们对于我们的机械会作何感想，这是假设机械没有将人类弄得覆灭，人生这幕喜剧的悲剧还继续演着的话。总之，人生是多方面的，成功的人将自己的十分之九杀死，为的是要让那一方面尽量发展，结果是尾大不掉，虽生犹死，失掉了人性，变作世上一两件极微小的事物的祭品了。

世界里什么事一达到圆满的地位就是死刑的宣告。人们一切的痴望也是如此，心愿当真实现时一定不如蕴在心头时那么可喜。一件美的东西的告成就是一个幻觉的破灭，一场好梦的勾销。若使我们在世上无往而不如意，恐怕我们会烦闷得自杀了。逍遥自在的神仙的确是比监狱中终身监禁的犯人还苦得多。闭在黑暗房里的囚犯还能做些梦消遣，神仙们什么事一想立刻就成功，简直没有做梦的可能了。所以失败是幻梦的保守者，惆怅是梦的结晶，是最愉快的，洒下甘露的情绪。我们做人无非为着多做些依依的心怀，才能逃开现实的压迫，剩些青春的想头，来滋润这将干枯的心灵。成功的人们劳碌一生最后的收获是一个空虚，一种极无聊赖的感觉，厌倦于一切的胸怀，在这本无目的的人生里，若使我们一定要找一个目的来磨折自己，那么最好的目的是制作"空持罗带，回首恨依依"的心境。

微醉之后

石评梅

　　几次轻掠飘浮过的思绪，都浸在晶莹的泪光中了。何尝不是冷艳的故事，凄哀的悲剧，但是，不幸我是心海中沉沦的溺者，不能有机会看见雪浪和海鸥一瞥中的痕迹。因此心波起伏间，卷埋隐没了的，岂止朋友们认为遗憾，就是自己，永远徘徊寻觅我遗失了的，何尝不感到过去飞逝的云影，宛如彗星一扫的壮丽！

　　允许我吧！我的命运之神！我愿意捕捉那一波一浪中汹涌浮映出过去的噩梦。虽然我不敢奢望有人能领会这断弦哀音，但是我尚有爱怜我的母亲，她自然可以为我滴几点同情之泪吧！朋友们，这是由我破碎心幕底透露出的消息。假使你们还挂念着我，这就是我遗赠你们的礼物。

丁香花开时候，我由远道归来。一个春雨后的黄昏，我去看晶清。推开门时她在碧绸的薄被里蒙着头睡觉，我心猜想她一定是病了。不忍惊醒她，悄悄站在床前，无意中拿起枕畔一本蓝皮书，翻开时从里面落下半幅素笺，上边写着：

波微已经走了，她去那里我是知道而且很放心，不过在这样繁华如碎锦似春之昼里，难免她不为了死的天辛而伤心，为了她自己惨淡悲凄的命运而流泪了！

想到她我心就怦怦的跃动，似乎纱窗外啁啾的小鸟都是在报告不幸的消息而来。我因此病了，梦中几次看见她，似乎她已由悲苦的心海中踏上那雪银的浪花，翩跹着披了一幅白雪的轻纱；后来暴风巨浪袭来，她被海波卷没了，只有那一幅白云般的轻纱飘浮在海面上，一霎时那白纱也不知流到那里去了。

固然人要笑我痴呆，但是她呢，确乎不如一般聪明人那样理智，从前她是个杀人不眨眼的英雄，如今被天辛的如水柔情，已变成多愁多感的人了。这几天凄风苦雨令我想到她，但音信却偏这般渺茫……

读完后心头觉着凄梗，一种感激的心情，使我终于流泪！但这又何尝不是罪恶，人生在这大海中不过小小的一个泡沫，谁也不值得可怜谁，谁也不值得骄傲谁，天辛走了，不过是时间的早迟，生命上使我多流几点泪痕而已。为什么世间偏有这许多绳子，而且是互相连系着！她已睁开半开的眼醒来，宛如晨曦照着时梦耶真耶莫辨的情形，瞪视良久，她不说一句话，我抬起头来，握住她手说："晶清，我回来了，但你为什么病着？"

她珠泪盈睫，我不忍再看她，把头转过去，望着窗外柳丝上挂着的斜阳而默想。后来我扶她起来，同到栉沐室去梳洗，我要她挣扎起来伴我去喝酒。信步走到游廊，柳丝中露出三年前月夜徘徊的葡萄架，那里有芎蘅的箫声，有云妹的倩影，明显映在心上的，是天辛由欧洲归来初次看我的情形。那时我是碧茵草地上活泼跳跃的白兔，天真骄憨的面靥上，泛映着幸福的微笑！三年之后，我依然徘徊在这里，纵然浓绿花香的图画里，使我感到的比废墟野冢还要凄悲！上帝呵！这时候我确乎认识了我自己。韵妹由课堂下来，她拉我又回到寝室，晶清已梳洗完正在窗前换衣服，她说："波微！你不是要去喝酒吗？萍适才打电话来，他给你已预备下接风宴，去吧！对酒当歌，人生几何，去吧，乘着丁香花开时候。"

风在窗外怒吼着，似乎有万骑踏过沙场，全数冲杀的雄壮；又似乎海边孤舟，随狂飙挣扎呼号的声音，一声声的哀惨。但是我一切都不管，高擎着玉杯，里边满斟着红滟滟的美酒，她正在诱惑我，像一个绯衣美女轻掠过骑士马前的心情一样的诱惑我。我愿永久这样陶醉，不要有醒的时候，把我一切烦恼都装在这小小杯里，让它随着那甘甜的玫瑰露流到我那创伤的心里。

在这盛筵上我想到和天辛的许多聚会畅饮。晶清挽着袖子，站着给我斟酒；萍呢！他确乎很聪明，常常望着晶清，暗示她不要再给我斟，但是已晚了，饭还未吃我就晕在沙发上了。

我并没有痛哭，依然晕厥过去有一点多钟之久。醒来时晶清扶着我，我不能再忍了，伏在她手腕上哭了！这时候屋里充满了悲哀，萍和琼都很难受的站在桌边望着我。这是天辛死后我第六次的昏厥，我依然和昔日一样能在梦境中醒来。

灯光辉煌下,每人的脸上都泛映着红霞,眼里莹莹转动的都是泪珠,玉杯里还有半盏残酒,桌上狼藉的杯盘,似乎告诉我这便是盛筵散后的收获。

大家望着我都不知应说什么。我微抬起眼帘,向萍说:"原谅我,微醉之后。"

醉 后

庐 隐

——最是恼人拚酒,欲浇愁偏惹愁!回看血泪相和流。

我是世界上最怯弱的一个,我虽然硬着头皮说:"我的泪泉干了,再不愿向人间流一滴半滴眼泪,因此我曾博得'英雄'的称许,在那强振作的当儿,何尝不是气概轩昂……"

北京城重到了,黄褐色的飞尘下,掩抑着琥珀墙、琉璃瓦的房屋,疲骡瘦马,拉着笨重的煤车,一步一颠地在那坑陷不平的土道上努力地走着,似曾相识的人们,坐着人力车,风驰电掣般跑过去了……一切不曾改观,可是疲惫的归燕呵,在那堆浪涌波的灵海里,都觉到十三分的凄惶呢!

车子走过顺城根,看见三四匹矮驴,摇动着它们项下琅琅的金铃,傲然向我冷笑,似笑我转战多年的败军,还鼓得起从前的兴致吗……

正是一个旖旎美妙的春天,学校里放了三天春假,我和涵、盐、琪四个人,披着残月孤星,和迷蒙的晨雾奔顺城根来,雇好矮驴,跨上驴背,轻扬竹鞭,嘚嘚声紧,西山的路上骤见热闹,这时道旁笼烟含雾的垂柳枝,从我们的头上拂过,娇鸟轻啭歌喉,朝阳美意酣畅,驴儿们驮着这欣悦的青春主人,奔那如花如梦的前程:是何等地兴高采烈……而今怎堪回道!归来的疲燕,裹着满身漂泊的悲哀,无情的瘦驴!请你不要逼视吧!

强抑灵波,防它捣碎了灵海,及至到了旧游的故地,黯淡白墙,陈迹依稀可寻,但沧桑几经的归客,不免被这荆棘般的冻迹,刺破那不曾复元的旧伤,强将泪液咽下,努力地咽下。我曾被人称许我是"英雄"哟!

我静静在那里忏悔,我的怯弱,为什么总打不破小我的关头,我记得:我曾想象我是"英雄"的气概,手里拿着明晃晃的雌雄剑,独自站在喜马拉雅的高峰上,傲然地下视人寰。仿佛说:我是为一切的不平,而牺牲我自己的;我是为一切的罪恶,而挥舞我的双剑的呵!"英雄",伟大的英雄,这是多么可崇拜的,又是多么可欣慰的呢!

但是怯弱的人们,是经不起撩拨的,我的英雄梦正浓酣的时候,波姊来叩我的门,同时我久闭的心门也为她开了。为什么四年不见,她便如此地憔悴和消瘦,她黯然地说:"你还是你呵!"她这一句话,好像是利刃,又好像是百宝匙,她掀开我的秘密的心幕,她打开我勉强锁住的泪泉,与一切的烦恼。但是我为了要证实是英雄,到底不曾哭出来。

我们彼此矜持着,默然坐夜来了。于是我说:"波,我们喝他一醉吧,何若如此扎挣:酒可以蒙盖我们的脸面!"波点头道:"好早预备陪你一醉。"于是我们如同疯了一般,一杯,一杯,接连着向唇边送,好像鲸吞鲵饮,也不知道什么时候,把一小坛子的酒吃光了,可是我还举着杯"酒来!酒来!"叫个不休!波握住我拿杯子的手说:"隐!你醉了,不要喝了吧!"我被她一提醒,才知道我自己的身子,已经像驾云般支持不住,伏在她的膝上。唉!我一身的筋肉松弛了,我矜持的心解放了,风寒雪虐的春申江头,涵撒手归真的印影,我更想起萱儿还不曾断奶,便离开她的乳母,扶她父亲的灵柩归去。当她抱着牛奶瓶,婉转哀啼时,我仿佛是受绞刑的荼毒,更加着吴淞江的寒潮凄风,每在我独伴灵帏时,撕碎我抖颤的心,……一向茹苦含辛地扎挣自己,然而醉后,便没有扎挣的力量了,我将我泪泉的水闸,开放了干枯的泪池,立刻波涛汹涌,我尽量地哭,哭那已经摧毁的如梦前程,哭那满尝辛苦的命运,唉!真痛恨呵,我一年以来,不曾这样哭过。但是苦了我的波姊,她也是苦海里浮沉的战将,我们可算是一对"天涯沦落人"。她呜咽着说:"隐!你不要哭了,你现在是做客,看人家忌讳!你扎挣着吧!你若果要哭,我们到空郊野外哭去,我陪你到陶然亭哭去。那里是我埋愁葬恨的地方,你也可以借他人酒杯,浇自己块垒,在那里我们可尽量地哭,把天地哭毁灭也好,只求今天你咽下这眼泪去罢!"惭愧!我不知英雄气概抛向哪里去了,恐怕要从喜马拉雅峰,直坠入冰涯愁海里去,我仍然不住地哭,那可怜双鬓如雪的姨母,也不住为她不幸的甥女,老泪频挥,她颤抖着叹息着,于是全屋里的人,都悄默地垂着泪!可怜的萱儿,她对这半疯半醉的母亲,小心儿怯怯地惊颤着,小眼儿怔怔地呆望着。呵!无辜的稚子,母亲对不住你,在别人面前,纵然不英雄些,还没有多大羞愧，只有在萱儿面前不英雄，使她天真未凿的心灵里，了解伤心，甚至于陪着流泪，我未免太忍心，而且太罪过了。后来萱儿投在我的怀里，轻轻地将小嘴，吻着泪痕被颊的母亲，她忽然哭了。唉！我诅咒我自己，我愤恨酒，她使我怯弱，使我任性，更使我羞对我的萱儿！我决定止住我的泪液，我领着萱儿走到屋里，只见满屋子月华如水，清光幽韵，又逗起我无限的凄楚，在月姊的清光下，我们的陈迹太多了！我们曾向她诚默地祈祷过，也曾向她悄悄地赌誓过。但如今，月姊照着这漂泊的只影，他呢——人间天上，我如饿虎般地愤怒，紧紧掩上窗纱，我搂着萱儿悄悄地躲在床上，我真不敢想象月姊怎样奚落我。不久萱儿睡着了，我仿佛也进了梦乡，只觉得身上满披着缟素，独自站在波涛起伏的海边，四顾辽阔，没有岸际，没有船只，天上又是蒙着一层浓雾，一切阴森森的。我正在彷徨惊惧的时候，忽见海里涌起一座山来，削壁玲珑，峰崖峻崎，一个女子披着淡蓝色的轻绡，向我微笑点头唱道：

独立苍茫愁何多？

抚景伤漂泊！

繁华如梦，

姹紫嫣红转眼过！

何事伤漂泊！

我听那女子唱完了，正要向她问明来历，忽听霹雳一声，如海倒山倾，吓了我一身冷汗，睁眼一看，波姊正拿着醒酒汤，叫我喝，我恰转身，不提防把那碗汤碰泼了一地，碗也打得粉碎，我们都不禁笑了。波姊说："下回不要喝酒吧，简直闹得满城风雨！……我早想到见了你，必有一番把戏，但想不到闹得这样凶！还是扎挣着装英雄吧！"

"波姊！放心吧！我不见你，也没有泪，今天我把整个儿的我，在你面前赤裸裸地贡献了，以后自然要装英雄！"波姊拍着我的肩说："天快亮了，月亮都斜了，还不好好睡一觉，病了又是白受罪！睡吧！明天起大家努力着装英雄吧！"

酒——献给亡母的

缪崇群

一

要不是因为野犬的狂吠，今夜的酒，或者还不能这样清醒过来。我醒了，又定了一会神，听着东邻的三弦子正丁丁冬冬的弹着。窗外是淡淡的月色，院子里静极了；我想那几张藤椅子已经被露水沾潮了。

这时大概有两点钟了，但墙阴处还飞着一两个夜游的萤火虫儿。

明明记得自己在洛英家里喝着酒：他们不是

一杯一杯的灌我，我不是尽一杯一杯的痛饮么？他们说那是最好的陈酒，但到了我的嘴里就和白水一样了。

洛英还要和我比酒，他喝了顶多不过三杯，脸已经变得通红的了。他的确不行，他真不如我那样能喝……

席上的人都迫着洛英说留东的事故，可是洛英倒先推到我的身上来了？……

我痛饮着，我毫不拒绝地答应了。

席上的人没有不看我的，我知道他们都在惊叹我……

我记得我又说又唱又放声地哭，我还拿筷子敲一下盘子打一下碗，我听着这些声音越乱杂仿佛越有趣似的……

他们更注意我了，于是我更觉得满足得意。记得闹得最热闹的时候，洛英的母亲忽然走过来对她儿子说：

"英，我可不许你再喝了！"可是，"吴先生，少喝一点罢。"却很和蔼地向我笑。

我觉得洛英的母亲不爱她的儿子而爱我……

洛英终于被他的母亲厉声厉气的警戒停止喝他的酒了，我受了和蔼的劝告，反倒更兴奋了起来。

但是我终于不明白，我怎么会又回到自己这间房子里来了？

对了，这三弦子弹得正好，我随了这声音，想起了我在东京时的一幕一幕的生活了。可是我不晓得我在席间和他们说的是不是和这个一样。

二

在东京住过两年，只迁移过一次住所，就是从小林馆迁到铃木方。铃木方不像小林馆那样乱杂，因为这里是贷间的性质。这里的房东是一位老太太，有一个将要出阁的女儿叫宫子。小小的一座楼，只住着我们三个人；我在楼上，她们在楼下。

楼上是对面的窗子，假使把它们一齐打开，凉爽的风从楼腰习习的吹过，真是再清畅没有了。一个人倚着窗子，看看四围的草坪；看看草坪对过的树林，树林梢头露出来的红炼瓦的屋脊……自己仿佛忘了自己在什么地方，而四围好像全都被自己占有了一样。

可惜学校的生活是使我早出晚归的，除了星期和假期之外，就很少享到我这个住居的清福。和房东们谈话的机会，也是同样的难得。但我们之间似乎已经很熟，虽然我是一个异籍的陌生人，在她们家里却仿佛也是一分子似的了。

每天晚间，我在楼上自修，差不多十一点钟以后才睡，而她们在楼下，每晚总是弹着她们的三味线，停止的时候，也恰好在我临睡之前。

三味线在日本是一种盛行的乐器，初听的时候非常刺耳，它不但不能给人愉快，倒添了人的烦恼。日子长了，对于这三味线的声音，便也有了耐性了，所以每到晚间，她们弹与不弹，我的耳膜已经不受刺激了。

春假放了，我们最欢喜的假期——一个月的闲暇终于给了我们，顿时觉得全身松快，比脱了冬天的沉重的大衣还松快。

假期里每天都是出去散步，和她们谈话或去看电影。记得有一次在附近一家新开幕的影戏院看电影，演的是一套日本片子叫《警钟》。

因为是日本剧，便也配的是日本音乐——三味线。

……幕上人马奔腾，群众厮杀的当儿，全场静极了，静得几乎听见每个观客的鼻息；可是这时的三味线却急切轮转地紧弹着，仿佛叫幕上的人马刀剑都要跳出来一样。一会儿幕上又换了场面了——一大片郁郁的松林，林下有一个武士和一个美人舞剑，配着凄冽的月色背景，这时候的三味线不知怎么又弹得那样悠扬，柔啭，还夹着一股凄凉的味道。

从那次以后，三味线就在我心里改了一个位置了。

后来她们弹三味线的时候，我常常凑到她们旁边去静听。铃木老太太大概是一个熟手，她每次都给她的女儿许多指导，并且时时替她更正弹时的姿势和唱时的音调和拍节，但我一点也不懂。

有一天晚间我们谈到了关于三味线的事情。

"你爱音乐么？"是宫子先问我的。

"爱是爱的，可恨没有一点点天才。"

"那没有什么，只要常常练习。中国也有这种乐器么？乐器里除了'曼都琳'我就爱这个了。"

"中国有一种三弦子，但比这个长。弹起来似乎还比三味线劲老些，有些也极悠扬。它好像能够代表出一种沉毅爽直的民族性来。"

"是哩，三味线在日本，从很古很古就传下来了，弹得好的才好听。"她笑起来了，斜了颈子又说：

"吴先生可不要笑我啊！我是初学哩。"

"她笨得很，学了两三年还弹不好，我现在是不弹了。弹熟了的人，可以运用他的指尖，要悲壮的时候就非常悲壮，要缠绵悱恻的时候也可以非常如意。"铃木老太太的话，让我想起了在电影里所听到的情景来了。

"吴先生,我已经老了",她接着说,"这东西年轻的人弹弹还可以陶养性情,但是一上了年纪弹着弹着就会引起了许多伤心的事来。"

"音乐就是这样,有人说它是没有字的诗。"我加着说了这么一句。

她看了看她的女儿,又低着头说:

"当初我有两个弟弟,也都喜欢弹三味线,那时还没有生宫子哩。一个是死在日俄战争;一个是死在日清战争。他们的尸骨早就没有地方去寻了,可是他们的三味线却还挂在壁上。"

"妈,你怎么又想起了那些古事呀!"宫子惊讶地问。

"你弹你的罢。"

我没有作声,心里想着那挂在壁上的遗琴和那两个无名人的战骨。

"后来我的母亲就为他们想出病来,有一天竟把那挂在壁上的三味线丢到火里烧掉了,自己在一边还喃喃地祈祷着,让他们得着这个琴在那个世界里弹……战争是多么没有意思的事啊!"她抬起头来望一望我,"其实都是那些做官的,他们越想打仗,官就越做得大。现在的内阁殿下,不也是当初做军官的吗?"一种激愤的表情,在她的脸上浮泛着。

"到处都是带枪的厉害,他们耍威风,他们就故意地留起了八字胡子,好像八字胡子就是威风的商标一样。你看维廉的像,仁丹上的人头,不都是同出一辙么?听说日本女人习惯上都喜欢嫁军人的。"

"也不尽然哟!"宫子似乎又注意又不注意的笑着插了一句。

"像宫子她就讨厌军人,和她订婚的是一个电气会社的技师。"宫子的母亲这时也笑了,把刚才低压的空气才稍稍赶走了一点。

"我看残暴的假威风的军人,也实在不配要一个像你这样文雅多才的小姐。"宫子虽然在盯着我,可是我这样地说了。

"那么像吴先生这样好的人,将来要配一个什么女人呢?"她反过来问起我,琴也不弹了。

"我么?是一个独身主义者。"

"呀,笑死人了!我见过许多许多当初抱独身主义的,过后他们选择配偶倒比什么人还急迫。"

"我敢相信我将来不是那种人。"

她不睬我了,她依旧翻她的琴谱,哼,她的新学的腔调了。

"你也许毕业回国后再拣好的罢？中国的女人的确比我们的美丽，她们美得清秀，不像日本女人爱擦一脸怪粉。"

"也不能一概而论的，女人爱带盒子炮的到处都有。"

她们都笑了，又问我中国有没有留仁丹胡子的，我说大概也不少。

三

愉快的春假，不久就过去了。窗外的绿阴也渐渐的浓郁了。粉色的樱花早已谢了；池畔的杨柳也可以垂到人的肩背。不久的时候，郊外的田里已经有了麦堆，而蝉声也从树林里嘶叫起来了。

楼下三味线的声音，倒渐渐稀少了。虽然有许多美静的夜晚，她们也不拿它助兴了。我因为暑期的考试将到，也就不常下楼谈天。后来我知道她们每天都在灯下做着活计。一个人面前放着一把美丽的团扇，中间又放着一个点着蚊香的小香炉。旁边堆着一些要做的单衣服，夹衣服，锦垫子，绣带子，等等。

我猜中了她们忙的是什么了，于是更不愿意打扰她们的宝贵的光阴了。

有一次我从外边打过网球回来，推开门时，她们正在过路的地方缝着一条大花被褥。

"回来啦，不热么？"

"热是热的，不过打球时的痛快，就忘记了过后的热了。你们一天忙到晚，也不休息一刻儿么？"我一边脱鞋子一边说。

"对不起，你从这边走罢，"她们卷起了被的一角，留出一块席子让我走，"趁夏天日子长，预先把东西做齐，省得临时着忙。"

"快要恭喜小姐了罢，是明天还是后天？要不然是大后天罢？"我走进了里边的一道门，又停住了脚问。

"不，那里有这样快呢？你想我能够让她这样快的离开了我么？"老太太仰起头来看我，宫子却把头低下了偷笑着。

"那么是八月里罢？否则就是九月；反正出不了十月。"我说的时候，我的手一下一下地拍着球拍上的弦子。

"反正你到时就知道了。"宫子放下了针线，很郑重地说，"独身主义者是不该问人家这些俗事哩。"可是她依旧板不住面孔，到底噗嗤一声的笑了。

那天晚上吃过饭回来,看见宫子一个人坐在屋里,脸上好像闷闷不乐似的,并且蕴藏着一种神秘情绪。整天的劳动,现在仿佛才得着一会偷闲静思的时刻。

我轻轻的从她的门外经过,不敢扰动了她的冥想,她的神经不知怎么像受了摇撼似的,已经不能保持刚才的宁静了。

"不在楼下谈谈吗?"随手就递给我一个垫子。

"伯母呢?出去了吗?"我还是立在门口。

"进来坐啊。她要十一点钟才回来哩。一个人真觉得寂寞。其实母亲并不常出去,我不在她的跟前,我觉得比什么都寂寞。"她说话的时候,我也在垫子上坐好了。

"是的,常常寂寞的人还不觉得什么,只有欢聚惯了,一旦酒阑人静,寂寞的悲哀,就格外难堪了。"我的话是显然拿她和我作比喻的。

"弹三味线啊。"我看见挂着的三味线,忽然进了一个策。

"那里有心肠呢。"她的眼光一直溜到三味线上去,又很快的落到席上。

因为她说没有心肠,我也就没有什么话可说了。

她的脸正正对着我,啊,这么一个丰润的绯红的脸,仿佛时时在自然的颤动着。她摇着扇子,微微的把那种日本女人固有的气味扇到我的鼻孔里来了。我不好意思地也低了头。啊，可是她胸腰之间佩的一条花带，带上那些新奇的图案纹路，不知怎么更骚动我了。我的心，这时恐怕她怎么也不晓得我在想什么罢！我想着那条宽带子里面紧紧地包裹着两个正好握满着的丰腴的乳峰。乳峰的底下便是一个扑通扑通跳着的心果——未婚的女人的心果。那心里的核子，不知道是由多少神秘的纤维组成的。顺着看到她的腰肢，大腿，大腿的中间，一直到膝盖的曲线，都被她的长白的夏衣包得好好的。也可以说除了那些肉的曲线紧紧的让薄衣包裹着以外，中间再没有丝毫的空隙了。还有一对像白鸽似的脚，双双地伏在她的身子后边。

我这样的看，这样的想，大概总有好几次了。

"吴先生喜欢看小说罢？"我被她问得惊醒了，幸而没有听错了她所问的话语。

"以前最喜欢看，还学着写作过一点，现在已经完全丢弃了。"

"我也是最喜欢看，并且心里好像有许多许多材料要写出来，可是怎么也不知道从何处下笔。"

谈了许多人的作品和自己的嗜好，心里阴自感到这世界上无论什么地方的人，终归是有着人所共鸣共感的作用的。

贴和的谈话继续着,时间就觉得很快的过去了。看看时计,已经指到十点半了。

"听听明天的天气预报怎样。"说着她把那广播无线电的耳机套在头上。

"咦,你听,菊岛夫人的独唱还没有完哩。"又除耳机来给我套上了。

一个高朗带颤的女人喉咙在唱着:

……

孩子啊,睡罢,睡罢!你安详地睡在这歌声的夜里;

孩子啊,睡罢,睡罢!你永远睡在母亲的温柔的怀抱里。

你的心儿,怎么这样的轻跳,轻跳着呢?

现在啊,你睡了,你也许奔向那仙境般的梦地:

你和天使儿舞蹈,你和天使儿游戏,

但是——孩子啊!你还是睡在温柔的母亲的怀抱里……

"是唱的《亲子》罢?"

"……"我点着头,耳机里歌声歇了,不久,

"j-o-A-K-j-o-A-K-"停了一会又报告着天气:

"明日风向东北,温度高,朝鲜海峡和日本海的低气压向西南推近。J-o-A-K-……"耳机里再没有声音了。

"明天是好天气吗?"

"是的,温度恐怕还要增高哩。"我把耳机除下了。

门响了,她的母亲笑眯眯的捧着一个花包袱回来。时计已经十一点过五分了。

"请安息罢。"

四

光阴从来像蛇爬燕飞般地无声去了。它从来不曾赦免过垂死的老人;它也从来不曾住着步儿让青春的人们留恋一刻。暑假,又已经放了一个多星期了。自己的生活除了多打几次球,多到池畔去散几回步之外,一切都没有变更。同学们回家的回家,找爱人的找爱人去了。有钱的人们,更是享受不尽的逍遥的岁月,他们有的到海滨浴场去,有的到温泉所在的避暑山庄

去。我自己，还是我原来的自己。

孤独的悲哀，从不曾占领过我的心地，那些安乐的浮华的幻景，在我眼前总是失了他们的颜色与外衣，我看见了的是他们的骨骼，是他们的灵魂，除了铜臭就是肮脏的发了酵的污血，腐了，生了蛆虫的烂肉……

房主人和她的女儿都到大阪去了。是举行婚礼去了。这一所楼的主人职务，暂时就由我兼代起来了。临睡时候关紧了大门，再看看有没有遗落的星火。早晨起来，也拿一把长柄的帚子扫一扫自己的房屋和楼梯和过道。工作完了就拾起早晨送在门缝里的报纸，躺在过路看个完全。

自己出去有事，或者到池畔和郊外散步的时候，照例是把大门锁好了的。我的手一摸到口袋里有一把小小钥匙，我心里就有一种说不出来的愉快，虽然知道武藏野上有一所楼房是要我负责的，但我心里反觉得异常的清爽而洒脱。

"吴先生近来更寂寞了罢。"有一天我起得很早，在井沿处洗盥的时候，邻居的主妇问。

"不，还和从前一样。"

"吴先生怎么不回国呢？一年就是这么一个长的假期。"

"回去也没有什么意思的。"

"令尊令堂不想么？"

"不……"我挤干了一把手巾，"我是一个没有母亲的人。"

"是吗？吴先生原来没有了母亲啊！年纪还轻呢。你看铃木宫子，二十多岁还被疼得像个孩子似的。这么远的路程又是热天，她母亲还要到大阪送亲去呢。"

"母亲对于儿女，或者儿女对于母亲，再也没有听说过是计较着什么利害的了，他们只晓得一味的相爱；她还要为他们负着痛苦，爱到死，还要为他们祝福，为他们祈祷，还迷信着另一个世界里得着再聚。"混迷在我眼帘里的泪水，也就被我很自然的用手巾拭去了。

"是哩，你的话一点也不曾错说。"

"没有事情到这边来坐坐，我们这里还有 Radio。"

"谢谢你，我们也有，还是一个喇叭的放声机哩。这两天因为大孩子不舒服，就没有开，省得哇拉哇拉的吵他们。"

洗盥过后，又从厨房的旁门走上楼去。觉得楼上比往常更冷清了似的，我的心，也仿佛生了一个一个的刺。

又过了两个多星期，房主人一个人回来了。她说怕我心急，在开学之前赶回来了。她比走的时候瘦了许多，上了年纪的人，对于旅途上的辛苦是不该再吃了。

告诉她上月的电灯一共点了七个半字,保险公司的行员来过一次。还有一封是宫子的信。

过了两天学校便开课了。我的生活,重新交给钟声和书本支配去了。

从学校回来的时候,房主常常不在家里,不是看见她在邻居家里出来,就是预先把钥匙交给我,直到晚间才回来。

一到晚间,她照例是念一遍晚经的,一个人默默地跪在一个佛像前面喃喃地念着阿弥陀佛。过了这个时候,我们这所楼就和郊外的森林一样沉寂。楼下不再有三味线的声音了,却常常送过一阵一阵的暗香,很沉醇的暗香,这大约是从那佛像前面香炉里传出来的。晚间的自修时刻虽然比以前清静多了,可是反觉得不甚自然似的。我读书也不愿意读出声来,仿佛生怕这可怕的沉寂扰破了更觉无味了。

邻居的檐头挂的一个小风铃儿,不时地冲破了沉寂,叮当叮当地响着,这时深深感动了我,几乎叫我的周身痉挛!并且我想想它会同时感动了那楼下默坐着的老人罢?一个年老的人,到了这样的境遇,也委实和冬天到了向晚一样:不一刻夕阳便会落山的,不一刻黑幕便会罩满了四围的,不一刻朔风会狂吼了起来,会把枯叶吹尽,枯枝折尽的。

现在是十月初的天气了，可是夏天的余威还没有消杀。加上自己思虑过度，神经衰弱，以致每天夜里都失眠了。睡到很晚，有时也自动的把身体弄得非常疲倦，但是睡下去还是眼巴巴的望到天明。鸡鸣的时候，我感不到一点愉快，反唤醒了更疲惫了。当那东方的曙光刚刚从窗隙里透进的时候，我就喜欢得如同走出了一条长长的隧道了。不等太阳出来，我挟着几本书便去郊外呼吸那种还带湿润的空气了。

"吴先生近来瘦了，眼睛也陷下去了。"

"我倒不觉得。"

"大概是夜里睡不着罢？我近来也是的，整夜睡不着。"

"是吗？睡不着真是最伤人的，思虑过度的人都容易得这种症候。不过睡的时候越想压制了思虑，而思虑反更涌胜，越想镇定自己，可是自己越急躁了。"

"唉，睡不着真是没有法子，漫漫的长夜，自己在黑暗里才觉得黑暗的可怕。黑黝黝的夜，仿佛是黑黝黝的一群魔鬼在伴着自己。夜虽然非常安静，可是耳内总是有许多呜呜的响声。唉，也许因为我是老了的缘故罢？"她一壁说着一壁摇头，她没有注意我这个曾红了眼圈的少年人在同情着她。我这个同老年人一样受了不可恢复的创痕的少年！唉，永远的一块缺陷，是运命么？是运命么？

闷闷地上了楼，照着镜子，果然发现了面上带了一种菜青的颜色，眼睛仿佛也比以前狞恶了。

拿起了报纸细细看了一遍，有几个药房的广告，登着卖安眠药的，说半小时就可见效了。有一种叫"阿达林"，是东京最有名的制药社的出品。我于是立刻跑到药房里去了。十二粒的药丸就要八十钱，啊，好贵重的安眠的代价！那个店员和我包药的时候，我就东望西望，两边玻璃橱里和柜台上满满陈列着各式各样的药瓶子。还有几张画得很好的广告画挂在墙上，有一张是横滨酿酒场的。上面画着一个笑眯眯的中年妇人，举着一个满盛着玫瑰色葡萄酒的高脚杯子，旁边写着：

美酒才是养人的，祝你满饮此杯，康健！宁神！安眠！

我想这安眠药是不可以胡乱的给那个老年人吃的，就买两瓶红葡萄酒送给她罢。这酒是赤玉的商标，看着就讨人喜欢。回来的时候，她正念晚经，我到楼上看过那张"阿达林"安眠药的说明书才提着两瓶酒下去。她正带着一副花镜看信。

"吴先生，宫子来信了，她说度了蜜月，在十月底可以来东京哩！她说这次要把三味线带到大阪去。"

"那么你可喜欢了罢？不过今天晚间恐怕又乐得睡不

着了!"

"……"她只是笑,两片唇,许久拼不起来。

"这一点没有意思的东西送给你,请收下罢。"我从背后把两瓶酒拿了出来。

"什么啊?是酒么?"她除下眼镜来问。

"是的,两瓶葡萄酒,睡前喝一盅安一安神,就可以睡着了。"

"真是多谢你了!你自己不会留一瓶喝么?"

"不,我有咳嗽病,不喝酒,我已经另外买了安眠药。"

"好,年轻的人对于烟酒是该戒的,宫子在家的时候我就不让她喝酒,我心疼她身子弱。"

"当父母的都是这样哟!"我因为急欲试验安眠药的效力,就没和她长谈了。

五

"Tadayima!(日本人回家时的一种话)"

"Tadayima!"

大门被推开之后,听见这种声音,一个女的,一个男的。

我知道宫子回来了,那个男人当然是新婿了。

黄昏的时候我正想出去吃饭,楼梯忽然响了,铃木老太太送上了一碗红豆饭来。

"吴先生吃点点心罢。你怎么不到楼下坐坐呢?"

"正想下去哩,我有点不好意思见生人。"

"那没有什么的……"她又放轻了声音,"你可不要告诉宫子说我有病哟!"

"……"我点点头。她在我旁边明明还喘息着。

她近来是时常说心跳头痛的,整天的躺着不起来,那个无线电的耳机,一刻儿也不离的套在她的头上,成了她唯一的伴侣了。宫子今天回来了,也许喜欢得把自己的病忘了罢?但为什么又嘱咐我不要讲起呢?其实,她不嘱咐我,我也不会讲起的,这是一层暗色的云,虽然一时可以遮过去了,但将来的暴雨呢?……

我终于鼓着勇气下楼去了,我对她们说了几句我已经预备好了的话。

啊,宫子,在我眼前的宫子,现在好像是一朵牡丹已经盛开了。她身上所有的那种日本人固有的气味,像是浓了好几倍还不止。啊,她怎么也是擦了一脸怪粉而不自觉啊!我又暗自想起了那一天的晚上。

她如今不再寂寞了罢？她那花腰带里面藏着的一个心果，心果里的核子，所有的神秘的兴奋的纤维，怕早已变成了诱惑色的表皮了罢？变成了熟的果浆了罢？

到饭馆里把许多冷面条子装进肚里，同时还装了许多无聊的念头。我又无言地回来了。经过她们房门的时候，看见她们母女和新婿三个人正在吃饭，饭桌上摆满了茶碟和茶碗，啊！在那个男子的面前还放着一瓶葡萄酒——一瓶赤玉牌的葡萄酒！

我心里忽地涌上了一股疾忿，一股悲哀！

——自然啊，爱她的女儿，就更爱她的女婿。

——自然啊，自己爱吃，自己还要省下来给所爱的人吃。

——自己有病，自己又要助人喜悦！

——唉，不过是一瓶酒，也许还不满一瓶的酒，它已经深深浸到了我的心扉了！我的心，这时好像一只久已搁浅了的破舟，忽然被泪浪一波一波摧摇起来了！

——啊！人伦的爱和陌生者的爱，毕竟是这样的不同！这样地隔着泰山北海！

我的心灵哟！我这像破舟似的心灵哟！人伦的爱，已经和沉在西方的太阳一样了。从此，在这黑暗的波流里，任着暴风和疾雨去摧残罢！破舟里装满了黑水之后，自己一定就会沉沦下去了！

楼下三味线的声音，夜夜又传进耳朵里来了。我听了厌烦极了。但有时也被那种颤音吸引出我的泪来。我想这时一定是那个老年人弹的。

这位不速之客停了很多日子才离开这里。

第二年的开春，我的咳嗽病又剧发了，我知道是怎么发的。

朋友们探病来的，都现着一副愁容。

"老吴，问过医生，说你要好生静养哩。"

"是的，我想回去才好。"

"医生说照你现在的热度，在路上恐怕有危险的。"

虽然我温度极高的当儿，我何曾忘了那悠远荒凉的北京，何曾忘了那北京城里寄着我母亲还未安葬的棺柩呢？

"医生说，像你这样的体质，怎么也不该喝酒了。你为什么一点也不珍爱自己呢？"

我没有话可以回答我的朋友，我更有什么勇气说我要说的话呢？

侥幸过了四五个星期，病渐渐脱离了危险的时期了。

记得是五月里的一个下午，我倚在铃木方的门口：

"再见了，我希望你能到大阪和小姐同住去。"

"想是想去的，不知能不能去哩。吴先生再见了！到家之后，来一封信哟！"

"也请你代我致意罢——"我还没有说完，邻居的主妇已经走出来了。

"吴先生走么？不再回来了吗？"

"是的，我不想回来了。"

"再见了！"

……

从那天就离开东京了，以后东京的一切，还时常在杯光里映着，在母亲遗像前面的一枝香烟里飘渺着，在邻人传过来的琴音中回转着……

今夜也是，随了那丁冬丁冬的三弦子，不觉中就把过往的史页一张一张地翻了一回。可是胸口不知怎么越发紧张了，像沸了的水，一阵一阵向上涌腾起来……

我呕吐了，我不知呕吐的是什么。呕吐之后，我就不再晓得我自己了，只觉得骨肉麻倦，心神茫然。一口短短的气，在不满两寸长的喉管里上下着……

　　真好像坐了一只破舟,渐渐向黑的冰凉湿重的水里沉没一样!

五

闲坐闲谈，闲话香烟

谈抽烟

朱自清

有人说："抽烟有什么好处？还不如吃点口香糖，甜甜的，倒不错。"不用说，你知道这准是外行。口香糖也许不错，可是喜欢的怕是女人孩子居多。男人很少赏识这种玩意儿的，除非在美国，那儿怕有些个例外。一块口香糖得咀嚼老半天，还是嚼不完，凭你怎么斯文，那朵颐的样子，总遮掩不住，总有点儿不雅相。这其实不像抽烟，倒像衔橄榄。你见过衔着橄榄的人？腮帮子上凸出一块，嘴里不时地嗞儿嗞儿的。抽烟可用不着这么费劲，烟卷儿尤其省事，随便一叼上，悠然的就吸起来，谁也不来注意你。抽烟说不上是什么味道，勉强说，也许有点儿苦吧。但抽烟的不稀罕那"苦"而稀罕那"有点儿"。他的嘴太闷了，或者太闲了，就要这么点儿来凑个热闹，让他觉得嘴还是他的。嚼一块口香糖可就太多，甜甜的，够多腻味；而且有了糖也许便忘记了"我"。

抽烟其实是个玩意儿。就说抽卷烟吧，你打开匣子或罐子，抽出烟来，在桌上顿几下，衔上，擦洋火，点上。这其间每一个动作都带股劲儿，像做戏一般。自己也许不觉得，但到没有烟抽的时候，便觉得了。那时候你必然闲得无聊，特别是两只手，简直没放处。再说那吐出的烟，袅袅地缭绕着，也够你一回两回地捉摸；它可以领你走到顶远的地方去。——即便在百忙当中，也可以让你轻松一忽儿。所以老于抽烟的人，一叼上烟，真能悠然遐想。他霎时间是个自由自在的身子，无论他是靠在沙发上的绅士，还是蹲在台阶上的瓦匠。有时候他还能够叼着烟和人说闲话，自然有些含含糊糊的，但是可喜的是那满不在乎的神气。这些大概也算是游戏三昧吧。

好些人抽烟，为的有个伴儿。譬如说一个人单身住在北平，和朋友在一块儿，倒是有说有笑的，回家来，空屋子像水一样。这时候他可以摸出一支烟抽起来，借点儿暖气。黄昏来了，屋子里的东西只剩些轮廓，暂时懒得开灯，也可以点上一支烟，看烟头上的火一闪一闪的，像亲密的低语，只有自己听得出。要是生气，也不妨迁怒一下，使劲儿吸他十来口。客来了，若你倦了说不得话，或者找不出可说的，干坐着岂不着急？这时候最好拈起一支烟将嘴堵上等你对面的人。若是他也这么办，便尽时间在烟子里爬过去。各人抓着一个新伴儿，大可以盘桓一会的。

从前抽水烟旱烟，不过一种不伤大雅的嗜好，现在抽烟却成了派头。抽烟卷儿指头黄了，由它去。用烟嘴不独麻烦，也小气，又跟烟隔得那么老远的。今儿大褂上一个窟窿，明儿坎肩上一个，由他去。一支烟里的尼古丁可以毒死一个小麻雀，也由它去。总之，蹩蹩扭扭的，其实也还是个"满不在乎"罢了。烟有好有坏，味有浓有淡，能够辨味的是内行，不择烟而抽的是大方之家。

一九三三年十月十一日作。

吸 烟

梁实秋

烟,也就是菸,译音曰淡巴菰。这种毒草,原产于中南美洲,遍传世界各地。到明朝,才传进中土,利马窦在明万历年间以鼻烟入贡,后来鼻烟就风靡了朝野。在欧洲,鼻烟是放在精美的小盒里,随身携带。吸时,以指端蘸鼻烟少许,向鼻孔一抹,猛吸之,怡然自得。我幼时常见我祖父辈的朋友不时的在鼻孔处抹鼻烟,抹得鼻孔和上唇都染上焦黄的颜色。据说能明目祛疾,谁知道?我祖父不吸鼻烟,可是备有"十三太保",十二个小瓶环绕一个大瓶,瓶口紧包着一块黄褐色的布。各瓶品味不同，放在一个圆盘里，捧献在客人面前。我们中国人比欧人考究，随身携带鼻烟壶，玉的、翠的、玛瑙的、水晶的，精雕细镂，形状百出。有的山水图画是从透明的壶里面画的，真是鬼斧神工，不知是如何下笔的。壶有盖，盖下有小勺匙，以勺匙取鼻烟置一小玉垫上，然后用指端蘸而吸之。我家藏鼻烟壶数十，丧乱中只带出了一个翡翠盖的白玉壶，里面还存了小半壶鼻烟，百余年后，烈味未除，试嗅一小勺，立刻连打喷嚏不能止。

我祖父抽旱烟，一尺多长的烟管，翡翠的烟嘴，白铜的烟袋锅（烟袋锅子是塾师敲打学生脑壳的利器，有过经验的人不会忘记），著名的关东烟的烟叶子贮在一个绣花的红缎子葫芦形的荷包里。有些旱烟管四五尺长，若要点燃烟袋锅子里的烟草，则人非长臂猿，相当吃力，一时无人伺候则只好自己划一根火柴插在烟袋锅里，然后急速掉过头来抽吸。普通的旱烟管不那么长，那样长的不容易清洗。烟袋锅子里积的烟油，常用以塞进壁虎的嘴巴置之于死。

我祖母抽水烟。水烟袋仿自阿拉伯人的水烟筒（hookah），不过我们中国制造的白铜水烟袋，形状乖巧得多。每天需要上下抖动的冲洗，呱哒呱哒的响。有一种特制的烟丝，兰州产，比较柔软。用表心纸揉纸媒儿，常是动员大人孩子一齐动手，成为一种乐事。经常保持一两只水烟袋作敬客之用。我记得每逢家里有病人，延请名医周立桐来看病，这位飘着胡须的老者总是昂首登堂直就后炕的上座，这时候送上盖碗茶和水烟袋，老人拿起水烟袋，装上烟草，突的一声吹燃了纸媒儿，呼噜呼噜抽上三两口，然后抽出烟袋管，把里面烧过的烟烬吹落在他的手心里，再投入面前的痰盂，而且投得准。这一套手法干净利落。抽过三五袋之后，呷一口茶，才开始说话："怎么？又是哪一位不舒服啦？"每次如此，活龙活现。

我父亲是饭后照例一支雪茄，随时补充纸烟，纸烟的铁罐打开来，嘶的一声响，先在里面的纸签上写启用的日期，借以察考每日消耗数量不使过高，雪茄形似飞艇，尖端上打个洞，叼在嘴里真不雅观，可是气味芬芳。纸烟中高级者都是舶来品，中下级者如"强盗"牌在民初左右风行一时，稍后如白锡包、粉包，国产的"联珠""前门"等等，皆为一般人所乐用。就中以粉包为特受欢迎的一种，因其烟支之粗细松紧正合吸海洛因者打"高射炮"之用。儿童最喜欢收集纸烟包中附置的彩色画片。好像是前门牌吧，附置的画片是水浒传一百零八条好汉的画像，如有人能搜集全套，可得什么什么的奖品，一时儿童们趋之若鹜。可怜那些热心的收集者,枉费心机,等了多久多久,那位及时雨宋公明就是不肯亮相!是否有人集得全套,只有天知道了。

常言道,"烟酒不分家",抽烟的人总是桌上放一罐烟,客来则敬烟,这是最起码的礼貌。可是到了抗战时期,这情形稍有改变。在后方,物资艰难,只有特殊人物才能从怀里掏出"幸运""骆驼""三五""毛利斯"在侪辈面前炫耀一番,只有豪门仕女才能双指夹着一支细长的红嘴的"法蒂玛"忸怩作态。一般人吸的是"双喜",等而下之的便要数"狗屁牌"(Cupid)香烟了。这渎亵爱神名义的纸烟,气味如何自不待言,奇的是卷烟纸上有涂抹不匀的硝,吸的时候会像儿童玩的烟火"滴滴金",噼噼啪啪的作响、冒火星,令人吓一跳。饶是烟质不美,瘾君子还是不可一日无此君,而且通常是人各一包深藏在衣袋里面,不愿人知是何牌,要吸时便伸手入袋,暗中摸索,然后突的抽出一支,点燃之后自得其乐。一听烟放在桌上任人取吸,那种场面不可复见。直到如今,大家元气稍复,敬烟之事已很寻常,但是开放式的一罐香烟经常放在桌上,仍不多见。

我吸纸烟始自留学时期,独身在外,无人禁制,而天涯羁旅,心绪如麻,看见别人吞云吐雾,自己也就效颦起来。此后若干年，由一日一包，而一日两包，而一日一听。约在二十年前，有一天心血来潮，我想试一试自己有多少克己的力量，不妨先从戒烟做起。马克·吐温说过："戒烟是很容易的事，我一生戒过好几十次了。"我没有选择黄道吉日，也没有访室人，闷声不响的把剩余的纸烟，一古脑儿丢在垃圾堆里，留下烟嘴、烟斗、烟包、打火机，以后分别赠给别人，只是烟灰缸没有抛弃。"冷火鸡"的戒烟法不大好受，一时间手足失措，六神无主，但是工作实在太忙，要发烟瘾没有工夫，实在熬不过就吃一块巧克力。巧克力尚未吃完一盒，又实在腻味，于是把巧克力也戒掉了。说来惭愧，我戒烟只此一遭，以后一直没有再戒过。

吸烟无益，可是很多人都说："不为无益之事，何以遭有涯之生？"而且无益之事有很多是有甚于吸烟者，所以吸烟或不吸烟，应由各人自行权衡决定。有一个人吸烟，不知是为特技表演，还是为节省买烟钱，经常猛吸一口烟咽下肚，绝不污染体外的空气，过了几年此人染了肺癌。我吸了几十年的烟，最后才改吸不花钱的新鲜空气。如果在公共场所遇到有人口里冒烟，甚或直向我的面前喷射毒雾，我便退避三舍，心里暗自咒诅："我过去就是这副讨人嫌恶的样子！"

烟　赋

汪曾祺

中国人抽烟，大概开始于明朝，是从外国传入的。从前的中国书里称烟草为淡巴菰，是Tobacco的译音。我年轻时，上海人还把雪茄叫做"吕宋"。吸烟成风，盖在清代。现存的几种烟草谱，都是清人的著作。纪晓岚就是"嗜食淡巴菰"的。我的高中国文老师史先生说，纪晓岚总纂《四库全书》时，叫人把书页平摊在一个长案上，他一边吸烟，一边校读，围着大案走一圈，一篇《〈四库全书〉总目提要》就出来了。这可能是传闻，但乾隆年间，抽烟的人已经颇多，是可以肯定的。

小说《异秉》里的张汉轩说，烟有五种：水、旱、鼻、雅、潮。雅（鸦片）不是烟草所制，潮州烟其实也是旱烟之一种，中国人以前抽的烟实只有旱烟、水烟两大类。旱烟，南方多切成丝，北方则是揉碎了，都是用烟袋，摁在烟锅里抽的。北方人把烟叶都称为关东烟。关东烟里的上品是蛟河烟。这是贡品。据说西太后抽的即是蛟河烟。真正的蛟河烟只产在那么一两亩地里。我在吉林抽过真蛟河烟，名不虚传！其次则"亚布力"也还可以，这是从苏联引进的品种。河北省过去种"易县小叶"。旱烟袋，讲求白铜锅、乌木杆、翡翠嘴。烟袋有极长的。南方老太太用的烟袋，银嘴五寸，乌木杆长至八尺，抽烟时得由别人点火，自己是够不着的。有极短的，可以插在靴子里，称为"京八寸"。这种烟袋亦称骚胡子烟袋，说是公公抽烟，叫儿媳妇点火，瞅着没人看见，可以乘机摸一下儿媳妇的手。潮州的烟袋是用竹根做的，在一头挖一窟窿，嵌一小铜胎，以装烟，不另安锅。我1950年在江西土改，那里的农民抽的就是这种烟，谓之"吃黄烟"。山西、内蒙人用羊腿骨做烟袋。抽这种烟得点一盏烟灯，因为一次只装很小的一撮烟，抽一口就把烟灰吹掉，叫做"一口香"，要不停地点火。云、贵、川抽叶子烟，烟叶剪成二寸许长，裹成小指粗细的烟支，可以说是自制小雪茄，但多数是插在烟锅里抽，也可算是旱烟类。我在鄂温克族地区抽过达斡尔人用香蒿子窨制的烟，一层烟叶，一层香蒿子，阴干，烟味极佳。是用纸卷了抽的。广东的"生切"也是用纸卷了抽的。新疆的"莫合烟"，即苏联翻译小说里常常见到的"马霍烟"，也是用纸卷了抽的。莫合烟是用烟梗磨碎制成的，不用烟叶。抽水烟应该是最卫生的，烟从水里滤过，有害物质减少了。但抽水烟很麻烦，每天涮水烟袋就很费事。水烟袋要保持洁净，抽起来才香。我有个远房舅舅，到人家做客，都由他的车夫一次带了五支水烟袋，换着抽，此人真是个会享福的人！水烟的烟丝极细，叫做"皮丝"，出在甘肃的兰州和福建的福州，一在西北，一在东南，制法质量也极相似，奇怪！云南人抽水烟筒，那得会抽，否则嗫不出烟来。若论过瘾，应当首推水烟筒。旱烟、水烟，吸时都要在口腔内打一回旋，烟筒的烟则是直灌入肺，毫无缓冲。

卷烟，或称纸烟，北京人叫做烟卷儿，上海一带人叫做香烟。也有少数地方叫做洋烟的。早年的东北评剧《雷雨》里的四凤夸赞周萍的唱词道："穿西服，抽洋烟，梳的本是那个偏分。"可以为证。大概在东北人眼中这些都是很时髦的。东北是"十八岁的大姑娘叼着大烟袋"的地方，卷烟曾经是稀罕东西。现在卷烟已经通行全国。抽旱烟的还有，大都是上了年纪的人，但也相对地减少了。抽水烟的就更少了，白铜镂花的水烟袋已经成为古玩，年轻人都不知道这玩意是干什么用的了。说卷烟是洋烟，是有道理的。因为它本是从外国（主要是英国）输入的。上海一带流行的上等烟茄立克、白炮台、555……销行最广的中等烟红锡包（北方叫小粉包）、老刀牌（北方叫强盗牌）都是英国货。世界上的烟卷原分两大系。一类是海洋型，英国烟为其代表。英国烟的烟丝很细，有些烟如白炮台的烟盒上标明是NAVY CUT，大概和海军有点关系。一类是大陆型，典型的代表是埃及烟、法国烟、苏联的白海牌（东北人叫它"大白杆"），以及阿尔巴尼亚等烟属之。抽大陆型烟的人数不多。现在卷烟分为两大派系，一类是烤烟型，即英国烟型；一类是混合型，是一半海洋型、一半大陆型的烟丝的混合，美国烟大都是混合型。英国型的烟烟丝金黄，比较柔和，有烟草的自然的香味，比较为中国人所喜欢。

后来有外商和华侨在中国设厂制烟，比较重要的是英美烟草有限公司和南洋兄弟烟草公司。大前门为南洋兄弟烟草公司所出，美丽牌好像就是英美烟草有限公司出的。也有较小的厂出烟，大联珠、紫金山……大概是本国的烟厂所出。

我到昆明后抽过很多种杂牌烟。有一种烟叫仙岛牌，不记得是什么地方出的，烟味极好，是英国烤烟型，价钱也不贵。后来就再不见了，可能是因为日本兵占领了越南，滇越铁路一断，没有来源了。有一种烟，叫"白姑娘"，硬盒扁支的，烟味很冲。有一种从湖南来的烟，抽起来有牙粉味。最便宜的烟是鹦鹉牌，十支装，呛得不得了，不知是什么树叶或草叶做的，肯定不是烟叶！

从陈纳德的飞虎队至美国空军到昆明后，昆明市面上到处是美国烟，多是从美国军用物资仓库中流出的。骆驼牌、老金、LUCKY STRIKE CHESTERFIELD、PHILIPMORRIS……一时抽美国烟的人很多，因为并不太贵。

云南烟业的兴起盖在四十年代初。那里的农业专家和实业家，经过研究，认为云南土壤、气候适于种烟，于是引进美国弗吉尼亚的大金叶，试种成功。随即建厂生产卷烟。所出的牌子有两种：重九和七七。重九当时算是高档烟，这个牌子沿用至今。七七是中档烟，后来不生产了。

五十年代后，云南制烟业得到很大发展，云南烟的质量得到全国公认，把许多省市的卷烟都甩到后面去了。云南卷烟的三大名牌：云烟牌、红山茶、红塔山。最近几年，红塔山的声誉日隆，俨然夺得云南名烟的首席（红山茶似已不再生产）。说是已经是国产烟的第一，也不为过分。时间并不长，为什么会发生这样大的变化？

借中华文学基金会、中国作协创联部和《中国作家》联合举办的"红塔山笔会"的机缘，我们到玉溪卷烟厂作了几天客，饱抽"红塔山"，解开了这个谜。

对于抽烟，我可以说是个内行。

打开烟盒，抽出一支，用手指摸一摸，即可知道工艺水平如何。要松紧合度。既不是紧得吸不动，也不是松得跺一跺就空了半截。没有挺硬的烟梗，抽起来不会"放炮"，溅出火星，烧破衣裤。

放在鼻子底下闻一闻，就知道是什么香型。若是烤烟型，即应有微甜略酸的自然烟香。

最重要的当然就是入口、经喉、进肺的感觉。抽烟，一要过瘾，二要绵软。这本来是一对矛盾，但是配方得当，却可以兼顾。如果要对卷烟加以评品，我于"红塔山"得一字，曰："醇"。

这是好烟。

红塔山得天时、地利、人和。

玉溪的经纬度和美国的弗吉尼亚相似,土质也相似,适宜烟叶生长。玉溪的日照时间比弗吉尼亚还要略长一点,因此烟叶质量有可能超过弗吉尼亚。玉溪地处滇中,气候温和,夏无酷暑,冬无严寒,雨量充足。空气的湿度天然利于烟叶的存放,不需要另作干湿调节的设施。更重要的是,玉溪卷烟厂有一个以厂长褚时健为核心的志同道合、协调一致、互相默契的领导班子。

褚厂长是个人物。面色深黑,双目有神,年过六十,精力充沛,说话是男中音,底气很足。他接受采访时从从容容,有条有理,语言表达得准确、清楚、简练,而又不是背稿子。他谈话时不带一张纸,不需要秘书在旁提供材料。他说话无拘束,很自然,所谈虽是实际问题,却具幽默感,偶出笑声。从谈吐中让人感到这是个很有自信而又随时思索着的人,一个有见识、有魄力、有性格的硬汉子,一个杰出的"人"。我一向不大承认什么"企业家",以为企业管理只是"形而下"的东西。自识褚时健,觉得坐在我身边侃侃而谈的这个人,确实是一位企业"家",因为他有那么一套"学问",他掌握了企业管理中某种规律性、某种哲理性的东西。

褚时健在未到玉溪卷烟厂之前，搞过一些规模较小的企业，在长期实践中他认识了一条最最朴素的真理：还是要重视物质，重视生产力。他不为"左"的政治经济气候所摇撼，不相信神话。

到了玉溪厂，他不停地思索着的是如何把红塔山的质量搞上去、保持住，使企业不停地发展。

质量，是企业的生命。

我和褚厂长只有两次短暂的接触，未能窥见他的"学问"，但是我觉得他抓到了"玉烟"管理的一个支点：质量。

为什么红塔山能够力挫群雄，扶摇直上？首先，红塔山有质量上好的烟叶。有一个美国烟草专家参观了云南烟业，说再不抓烟叶生产，云烟质量很难保持。这句话给褚厂长很大启发。他决定，首先抓烟叶。玉溪卷烟厂的第一车间，不在厂里，在厂外，在田间。玉烟给烟农很大帮助，从资金到化肥、农药。但是有一个条件：你得给我好烟叶。最初厂里有人想不通，我们和农民是买卖关系，怎么能在他们身上下这样大的本？现在大家都认识到了，这是具有战略意义的一步棋。许多曾经显赫一时的名牌烟，质量下来了，很重要的一个原因，是烟叶质量没有保证。

当年生产的烟叶，不能当年就用，得存放一个时期，这样杂质异味才会挥发掉。据闻英国的名牌烟的烟叶都要存放三年。二次世界大战，存烟用尽，质量也不如以前了。玉溪烟厂的烟叶都要存放二年至二年半。这是像中药店配制丸散一样："修合虽无人见，存心自有天知"的事。这个"天"就是抽烟的人。烟叶存放了多久，抽烟的人是看不到的，但是抽得出来。他们不知其所以然，但是知其然，能分辨出烟的好坏。

玉烟厂的主要设备都是进口的。有人说：国产设备和进口的差不多，要便宜得多，为什么要花那样大的价钱搞进口的？褚时健笑答：过几年你们就知道了。从卷烟的质量看，进口设备，是划得来的。

我因为在红塔山下崴了脚，没有能去参观车间，据参观过的作家说："真是壮观！"

对烟的评价是最具群众性的，最公平的。卷烟不能像酒一样搞评比。我们国家是不允许卷烟作广告的。现在既不能像过去的美丽牌在《申报》和《新闻报》上作整幅的广告："有美皆备，无丽弗臻"，也不能像克莱文·A一样借重梅兰芳的声誉，宣传这种烟对嗓音无害。卷烟的声誉，全靠质量，靠"烟民"们的口碑。北京人有言："人叫人千声不语，货叫人点手就来。"这是假不得的。桃李不言,下自成蹊,红塔山之赢得声誉,岂虚然哉!

玉溪卷烟厂每年给国家创利税三四十个亿,这是个吓人一跳的数字。

厂里请作家题字留念,我写了一副对联:

技也进乎道
名者实之宾

我十八岁开始抽烟,今年七十一岁,从来没有戒过,可谓老烟民矣。到了玉溪烟厂,坚定了一个信念,一抽到底,决不戒烟。吸烟是有害的。有人甚至说吸一支烟,少活五分钟,不去管它了!写了一首五言诗:

玉溪好风日,
兹土偏宜烟。
宁减十年寿,
不忘红塔山。

诗是打油诗,话却是真话,在家人也不打诳语。

玉溪卷烟厂的礼堂里,在一块很大的红天鹅绒上缀了两行铜字:

天下有玉烟

天外还有天

据褚厂长说,这是从工人的文章里摘出来的,可以说是从群众中来的了。这是全厂职工的座右铭。这表现了全体职工的自豪感,也表现了他们的高瞻远瞩的胸襟。愿玉溪卷烟厂鹏程万里!

一九九一年五月二十一日,北京

烟　卷

朱　湘

我吸烟是近四年来的事——从前我所进的学校里，是禁止烟酒的，——不过我同烟卷发生关系，却是已经二十年了。那是说的烟卷盒中的画片，我在十岁左右的时候，便开始收集了。我到如今还记得我当时对于那些画片的搜罗是多么热情，正如我当时对于收集各色的手工纸，各国的邮票那样。有的是由家里的烟卷盒中取来的，恨不得大人一天能抽十盒烟才好；还有的是用制钱——当时还用制钱，——去，跑去，杂货铺里买来的。儿童时代也自有儿童时代的欢喜与失望：

单就搜集画片这一项来说,我还记得当时如其有一天那烟盒中的画片要是与从前的重复了,并不是一张新的,至少有半天,我的情感是要梗滞着,不舒服,徒然的在心中希冀着改变那既成的事实。收集全了一套画片的时候,心里又是多么欢喜!那便是一个成人与他所恋爱的女子结了婚,一个在政界上钻营的人一旦得了肥缺,当时所体验到的鼓舞,也不能在程度上超越过去。

便是烟卷盒中的画片这一种小件的东西,就中都能以窥得出社会上风气的转移。如今的画片,千篇一律的,是印着时装的女子,或是侠义小说中的情节;这一种的风气,在另一方面表现出来,便是肉欲小说与新侠义小说的风行,再在另一方面表现出来,便是跳舞馆像雨后春笋一般的竖立起来,未成年的幼者弃家弃业的去求侠客的记载不断的出现于报纸之上。在二十年前,也未尝没有西洋美女的照相画片,——性,那原是古今中外一律的一种强有力的引诱;在十年以前,我自己还拿十岁时候所收集的西洋美女的照相画片之内的一张剪出来,插在钱夹里。——也未尝没有《水浒》上一百零八人的画片,——《水浒》,它本来是一部文学的价值既高,深入民心的程度又深的书籍,可以算是古代的白话文学中唯一的能将男性充分的发挥出来的长篇小说，（我当时的失望啊，为了再也搜罗不到玉麒麟卢俊义这张画片的缘故！）——不过在二十年前，也同时有军舰的照相画片，英国的各时代的名舰的画片，海陆军官的照相画片，世界上各地方的出产物的画片，……这二十年以来，外国对于我国的态度无可异议的是变了，期待改变成了藐视，理想上的希望改变成了实际上的取利；由画片这一小项来看，都可以明显的看见了。

当时我所收集的各种画片之内，有一种是我所最喜欢的，并不是为的它印刷精美，也不是为的它搜罗繁难。它是在每张之上画出来一句成语或一联的意义，而那些的绘画，或许是不自觉的，多少含有一些滑稽的意味。"若要工夫深，钝铁磨成针"，"爬得高，跌得重"，以及许多同类的成语，都寓庄于谐的在绘画中实体的演现了出来，映入了一个上"修身"课，读古文的高小学生的视觉……当时还没有《儿童世界》、《小朋友》，这一种的画片便成为我的童年时代的《儿童世界》、《小朋友》了。

画片，这不过是烟卷盒中的附属品，为了吸烟卷的家庭中那般儿童而预备的，在中国这个教育，尤其是儿童教育落伍的国家，一切含有教育意义的事物，当然都是应该欢迎、提倡的。——不过就一般为吸烟而吸烟的人说来，画片可以说是视而不见的；所以在出售于外国的高低各种，出售于中国的一些烟盒、烟罐之内，画片这一项节目是蠲除去了。

烟卷的气味我是从小就闻惯了，嗅它的时候，我自然也是感觉到有一种香味，——还有些时候，我撮拢了双掌，将烟气向嗅官招了来闻；至于吸烟，少年时代的我也未尝没有尝试过，但是并没有尝出了什么好处来，像吃甜味的糖，咸味的菜那样，所以便弃置了不去继续，——并且在心里坚信着，大人的说话是不错的，他们不是说了，烟卷虽是嗅着烟气算香，吸起来都是没有什么甜头，并且晕脑的么？

我正式的第一次抽烟卷，是在二十六岁左右，在美国西部等船回国的时候；我正式的第一次所抽的烟卷，是美国国内最通行的一种烟卷，"幸中"（Lucky Strike）。因为我在报纸、杂志之上时常看到这种烟卷的触目的广告，而我对于烟卷又完全是一个外行，当时为了等船期内的无聊，感觉到抽烟卷也算得一条便利的出路，于是我的"幸中"便落在这一种烟卷的身上。

船过日本的时候，也抽过日本的国产烟卷，小号的，用了日本的国产火柴，小匣的。

回国以后，服务于一个古旧狭窄的省会之内；那时正是

"美丽牌"初兴的时候,我因为它含有一点甜味,或许烟叶是用甘草焙过的,我便抽它。也曾经断过烟,不过数日之后,发现口的内部的软骨肉上起了一些水泡,大概是因为初由水料清洁的外国回来,漱口时用不惯霉菌充斥着的江水、井水的缘故,于是烟卷又照旧的吸了起来,数日之后,那些口内的水泡居然无形中消灭了;从此以后,抽烟卷便成为我的一种习惯了。医学所说的烟卷有毒的这一类话,报纸上所登载的某医士主张烟卷有益于人体以及某人用烟卷支持了多日的生存的那一类消息,我同样的不介于怀……大家都抽烟卷,我为什么不?如其它是有毒的,那么茶叶也是有毒的,而茶叶在中国原是一种民需,又是一种骚人墨客的清赏品,并且由中国销行到了全世界,——好像烟草由热带流传遍了全世界那样。有人说,古代的饮料,中国幸亏有茶,西方幸亏有啤酒,不然,都来喝冷水,恐怕人种早已绝迹于地面了,这或许是一种快意之言,不过,事物都是有正面与反面的。烟、酒,据医学而言,都是有毒的,但是鸦片与白兰地,医士也拿了来治病。一种物件我们不能说是有毒或无毒,只能说,适当,不适当的程度,在施用的时候。

抽烟卷正式的成为我的一种习惯以后,我便由一天几支加到了一天几十支，并且，驱于好奇心，迫于环境，各种的烟卷我都抽到了，江苏菜一般的"佛及尼"与四川菜一般的"埃及"，舶来品与国货，小号与"Grandeur"，"Navycut"与"Straight cut"，橡皮头与非橡皮头，带纸嘴的与不带纸嘴的，"大炮台"与"大英牌"，纸包与"听"与方铁盒。我并非一个为吸烟而吸烟的人，——这一点自认，当然是我所自觉惭愧的，——我之所以吸烟，完全是开端于无聊，继续于习惯，好像我之所以生存那样。买烟卷的时候，我并不限定于哪一种；只是买得了不辣咽喉的烟卷的时候，我决不买辣咽喉的烟卷，这个如其算是我对于烟卷之选择上的一种限定，也未尝不可。吸烟上的我的立场，正像我在幼年搜罗画片，采集邮票时的立场，又像一班人狎妓时的立场；道地的一句话，它便是一般人在生活的享受上的立场。

我咀嚼生活，并不曾咀嚼出多少的滋味来，那么，我之不知烟味而做了一个吸烟的人，也多少可以自宽自解了。我只知道，优好的烟卷浓而不辣，恶劣的烟卷辣而不浓；至于普通的烟卷，则是相近而相忘的，除非到了那一时没得抽或是那抽得太多了的时候。

橡皮头自然是方便的，不过我个人总嫌它是一种滑头，不能叼在唇皮之上，增加一种切肤的亲密的快感；即使有时要被那烟卷上的稻纸带下了一块唇皮，流出了少量的血来，个人的，我终究觉得那偶尔的牺牲还是值得的，我终究觉得"非橡皮头"还是比橡皮头好。

烟嘴这个问题，好像个人的生活这个问题，中国的出路这个问题一样，我也曾经慎重的考虑过。烟嘴与橡皮头，它们的创作是基于同一的理由。不过烟嘴在用了几天以后，气管中便会发生一种交通不便的现象，在这种的关头上，烟油与烟气便并立于交战的地位，终于烟油越裹越多，烟气越来越少，烟嘴便失去烟嘴的功效了。原来是图求清洁的，如今反而不洁了；吸烟原来是要吸入烟气到口中，喉内的，如今是双唇与双颊用了许大的力量，也不能吸到若干的烟气，一任那火神将烟卷无补于实际的燃烧成了白灰。肃清烟嘴中的积滞，那是一种不讨欢喜的工作；虽说吸烟是为了有的是闲工夫，却很少有人愿意将他的闲工夫用在扫清烟嘴中的烟油的这种工作之上。我宁可去直接的吸一支畅快的烟，取得我所想要取得的满足，即使熏黄了食指与中指的指尖。

有时候，道学气一发作，我也曾经发过狠来戒烟，但是，早晨醒来的时候，喉咙里总免不了要发痒，吐痰……我又发一个狠，忍住；到了吃完午饭以后，这时候是一饱解百忧，对于百事都是怀抱着一种一任其所之，于我并无妨害的态度，于是便记忆了起来，自己发狠来戒吸的这桩事件，于是便拍着肚皮的自笑起来，戒烟不戒烟，这也算不了怎么一回大事，肚子饱了，不必去考虑罢……啊，那一夜半天以后的第一口深吸！这或者便是道学气的好处，消极的。

还有时候，当然是手头十分窘急的时候，"省俭"这个布衣的、面貌清癯的神道教我不要抽烟，他又说，这一层如其是办不到，至少是要限定每天吸用的支数。于是我使用了一只空罐装好今天所要吸的支数；这样实行了几天，或是一天，又发生了一种阻折，大半是作诗，使得我背叛了神旨，在晚间的空罐内五支五支的再加进去烟卷。我，以及一般人，真是愚蠢得不可救药，宁可将享受在一次之内疯狂的去吞咽了，在事后去受苦，自责，决不肯，决不能算术的将它分配开来，长久的去受用！

烟卷，我说过了，我是与它相近而相忘的；倒是与烟卷有连带关系的项目，有些我是觉得津津有味，常时来取出它们于"回忆"的池水，拿来仔细品尝的。这或许是幼时好搜罗画片的那种童性的遗留罢。也许，在这个世界上，事物的本身原来是没有什么滋味，它们的滋味全在附带的枝节之上罢。

烟罐的装潢，据我个人的嗜好而言，是"加利克"最好。或许是因为我是一个有些好"发思古之幽情"的文人，所以那种以一个蜚声于英国古代的伶人作牌号的烟卷，烟罐上印有他的像，又引有一个英国古代的文人赞美烟草的话，最博得我的欢心。正如一朵花，由美人的手中递与了我们，拿着它的时候，我们在花的美丽上又增加了美丽的联想。

广告，烟卷业在这上面所耗去的金钱真正不少。实际的说来，将这笔巨大的广告费转用在烟卷的实质的增丰之上，岂不使得购买烟卷的人更受实惠么？像一些反对一切的广告的人那样，我从前对于烟卷的广告，也曾经这样的想过。如今知道了，不然。人类的感觉，思想是最囿于自我，最漠于外界的……所以自从天地开辟以来，自从创世以来，苹果尽管由树上落到地止，要到牛顿，他才悟出来此中的道理；没有一根拦头的棒，实体的或是抽象的，来击上他的肉体，人是不会在感觉，思想之上发生什么反应的。没有鲜明刺目的广告，人们便引不起对于一种货品的注意。广告并不仅仅只限于货品之上，求爱者的修饰，衣着便是求爱者的广告，政治家的宣言便是政治家的广告，甚至于每个人的言语，行为，它们也便是每个人的广告。

广告既然是一种基于人性的需要,那么,充分的去发展它,即使消费去多量的金钱,那也是不能算作浪费的。

广告还有一种功用,增加愉快的联想。"幸中"这种烟卷在广告方面采用了一种特殊的策略;在每期的杂志上,它的广告总是一帧名伶、名歌者的彩色的像,下面印有这最要保养咽喉的人的一封证明这种烟并不伤害咽喉的信件,页底印着,最重要的一层,这名伶、名歌者的亲笔签名。或许这个签字是公司方面用金钱买来的,(这种烟也无异于他种的烟,受恳的人并不至于受良心上的责备。)购买这种烟卷的人呢,我们也不能说他们是受了愚弄,因为这种烟卷的售价并没有因了这一场的广告而增高,——进一步说,宗教,爱国,如其益处撇开了不提,我们也未尝不能说它们是愚弄,这一场的广告,当然增加了这种烟卷的销路,同时也给予了购者以一种愉快的联想;本来是一种平凡的烟卷,而购吸者却能泛起来一种幻想,这个,那个名伶,名歌者也同时在吸用着它。又有一种广告,上面画着一个酷似那"它的女子"Clara Bow 的半身女像,撮拢了她的血红的双唇,唇显得很厚,口显得很圆,她又高昂起她的下巴,低垂着她的眼睑,一双瞳子向下的望着;这幅富于暗示与联想的广告,我们简直可以说是不亚于魏尔伦(Verlaine)的一首漂亮的小诗了。

　　抽烟卷也可以说是我命中所注定了的,因为由十岁起,我便看惯了它的一种变相的广告,画片。

吸烟与文化（牛津）

徐志摩

一

牛津是世界上名声压得倒人的一个学府。牛津的秘密是它的导师制。导师的秘密，按利卡克教授说，是"对准了他的徒弟们抽烟"。真的在牛津或康桥地方要找一个不吸烟的学生是很费事的——先生更不用提。学会抽烟，学会沙发上古怪的坐法，学会半吞半吐的谈话——大学教育就够格儿了。"牛津人"，"康桥人"还不够抖吗？我如其有钱办学堂的话，利卡克说，第一件事情我要做的是造一间吸烟室，其次造宿舍，再次造图书室；真要到了有钱没地方花的时候再来造课堂。

二

怪不得有人就会说，原来英国学生就会吃烟，就会懒惰。臭绅士的架子！臭架子的绅士！难怪我们这年头背心上刺刺的老不舒服，原来我们中间也来了几个叫土巴菇烟臭熏出来的破绅士！

这年头说话得谨慎些。提起英国就犯嫌疑。贵族主义！帝国主义！走狗！挖个坑埋了他！

实际上事情可不这么简单。侵略，压迫，该咒是一件事，别的事情不跟着走。至少我们得承认英国，就它本身说，是一个站得住的国家，英国人是有出息的民族。它的是有组织的生活，它的是有活气的文化。我们也得承认牛津或是康桥至少是一个十分可羡慕的学府，它们是英国文化生活的娘胎。多少伟大的政治家，学者，诗人，艺术家，科学家，是这两个学府的产儿——烟味儿给熏出来的。

三

利卡克的话不完全是俏皮话。"抽烟主义"是值得研究的。

但吸烟室究竟是怎么一回事？烟斗里如何抽得出文化真髓来？对准了学生抽烟怎样是英国教育的秘密？利卡克先生没有描写牛津、康桥生活的真相；他只这么说，他不曾说出一个所以然来。许有人愿意听听的，我想。我也在英国念过两年书，大部分的时间在康桥。但严格的说，我还是不够资格的。我当初并不是像我的朋友温源宁先生似的出了大金镑正式去请教熏烟的；我只是个，比方说，烤小半熟的白薯，离着焦味儿透香还正远哪。但我在康桥的日子可真是享福，深怕这辈子再也得不到那蜜甜的机会了。我不敢说康桥给了我多少学问或是教会了我什么。我不敢说受了康桥的洗礼，一个人就会变气息，脱凡胎。我敢说的只是——就我个人说，我的眼是康桥教我睁的，我的求知欲是康桥给我拨动的，我的自我的意识是康桥给我胚胎的。我在美国有整两年，在英国也算是整两年。在美国我忙的是上课，听讲，写考卷，啃橡皮糖，看电影，赌咒。在康桥我忙的是散步，划船，骑自行车，抽烟，闲谈，吃五点钟茶、牛油烤饼，看闲书。如其我到美国的时候是一个不含糊的草包，我离开自由神的时候也还是那原封没有动；但如其我在美国的时候不曾通窍，我在康桥的日子至少自己明白了原先只是一肚子颟顸。这分别不能算小。

我早想谈谈康桥，对它我有的是无限的柔情。但我又怕亵渎了它似的始终不曾出口。这年头！只要贵族教育一个无意识的口号就可以把牛顿、达尔文、米尔顿、拜伦、华茨华斯、阿诺尔德、纽门、罗刹蒂、格兰士顿等等所从来的母校一下抹煞。再说年来交通便利了，各式各种日新月异的教育原理教育新制翩翩的从各方向的外洋飞到中华，哪还容得厨房老过四百年墙壁上爬满骚胡髭一类藤萝的老书院一起来上讲坛？

四

但另换一个方向看去，我们也见到少数有见地的人，再也看不过国内高等教育的混沌现象，想跳开了踩烂的道儿，回头另寻新路走去。向外望去，现成有牛津康桥青藤缭绕的学院招着你微笑；回头望去，五老峰下飞泉声中白鹿洞一类的书院瞅着你惆怅。这浪漫的累乡病跟着现代教育丑化的程度在少数人的心中一天深似一天。这机械性买卖性的教育够腻烦了，我们说。我们也要几间满沿着爬山虎的高雪克屋子来安息我们的灵性,我们说。我们也要一个绝对闲暇的环境好容我们的心智自由的发展去,我们说。

林语堂先生在《现代评论》登过一篇文章谈他的教育的理想。新近任叔永先生与他的夫人陈衡哲女士也发表了他们的教育的理想。林先生的意思约莫记得是想仿效牛津一类学府;陈、任两位是要恢复书院制的精神。这两篇文章我认为是很重要的,尤其是陈、任两位的具体提议,但因为开倒车走回头路分明是不合时宜,他们几位的意思并不曾得到期望的回响。想来现在学者们太忙了,寻饭吃的,做官的,当革命领袖的,谁都不得闲,谁都不愿闲,结果当然没有人来关心什么纯粹教育(不含任何动机的学问)或是人格教育。这是个可憾的现象。

我自己也是深感这浪漫的思乡病的一个;我只要

"草青人远,

一流冷涧"……

但我们这想望的境界有容我们达到的一天吗?

民国十五年一月十四日

抽　烟

金受申

烟草名"淡巴菰"，本是一种草本一年生的植物，因为叶子能做卷烟、烟丝、鼻烟等，故又称烟草。烟叶有轻麻醉性，能刺激人的神经，所以人们多用来解除疲劳，日久便成了一种嗜好。烟叶内中含有的尼古丁毒素对人很有伤害。烟草自明代由吕宋传入中国，后在关东一带盛行。后来明满构衅，明廷把烟草列为违禁品不许入关。清代统一中原，烟草公开，于是出现了各种吸食方法。

旱烟和水烟

旱烟由旧式的烟铺经营，以前有的代开钱票的，名"烟钱铺"，一经官面登记，挂出钱幌子来，便能兑换银两，代老虎夹剪，开具银票钱票行使市面，代理人民和商家存款，和大银号炉房全有来往。除了不能开"龙票"、代理官库以外，一切本地的金融流通，全能做的。但大烟铺仍只经售烟叶、烟丝、卖槟榔、豆蔻、蓇砂等。北京最大的烟铺以大栅栏南豫丰、鼓楼北豫丰、隆福寺街恒丰厚为最年远，始终保持着冬日盘香、夏日火绳供过客吸烟的旧规矩。

烟铺经营的烟类，烟力最大的以叶子烟为主，计有："顶上拣选关东烟"、"顶高关东烟"、"高关东片"、"中关东烟"和"原把台片烟"、"顶高叶子烟"、"叶子烟"等几种。吸烟的人如觉烟力大可以羼入"白定子烟"。关东烟和叶子烟虽然烟力大，但不伤肺，痰也比吸纸烟为少。初学吸烟的，多数先吸"白叶子烟"和"杭州香奇烟"、"白香奇烟"、"金塘叶烟"，另外可以加点"南定子烟"，稍微提提烟力。旧时文明一些的人和妇女以吸潮烟为主，有高、中、次三种档次，如"郭元顺烟"、"丁瑞泰烟"。郭和丁都是南方制潮烟的专家，日久便以人名做烟名了。另一有种带香味的"兰花烟"，只女人和老太婆喜吸，通称"老太太烟"，吸者若要带点"兰花籽"，香味更烈。北京有两句顺口溜说："老爷子烟儿，关东杆儿；老太太烟儿，兰花籽儿"，实在"老爷子烟"是"老叶子烟"，可以想见两种烟力之强弱。老太太烟还有一种"杂拌烟"，香味很盛，但又不同于兰花烟。

再有一种水烟，以烟丝为主，是较为贵族化的。较有名的有"永茂净丝烟"、"锦川净丝烟"、"顺和老叶皮丝烟"、"青条丝烟"和"丹凤牌"、"老国旗牌"、"金狮牌"等皮丝烟。后几种带牌号的虽然是后兴之品，也有三十年以上了。烟铺除了烟叶烟丝以外，还卖槟榔等物。槟榔有"生槟榔"、"熟槟榔"、"胡槟榔"、"盐水炒槟榔"等。普通人多喜用盐水炒槟榔，但实在不如生槟榔坚实而有克食的效果。还有一种槟榔别品，名为"枣核槟榔"，最为深闺少女所欢迎。槟榔能消食，但食后满口流红涎。枣核槟榔细小，食后没有流红口水的毛病。再有去口中秽气的"豆蔻"，有名的是"东坡豆蔻"、"紫豆蔻"，确和入药的豆蔻大不相同。其外便是"蓿砂"，以"整蓿砂"、"广蓿砂"为上品。

烟 具

旱烟、潮烟、水烟，皆有特制的烟袋。名虽为袋，却非盛烟的器具，乃是有嘴有锅有杆（水烟袋除外），其来源已不可考。盛烟的是"烟袋荷包"。关于烟袋也有一定的讲究。

甲、吸旱烟叶子烟的烟袋。中上等人物用稍粗的乌木杆、铜锅，讲究就在烟嘴。有真玉的，真翡翠的，以真白真绿，真翡真翠为讲究，至下也要用玉根子（就是玉器行所谓的玉皮子）。至于用料器烟嘴、铜烟嘴的，是不能登大雅之堂的。乌木烟杆一般以尺二、尺半为率，稍长稍短是随吸烟者的喜好而略加伸缩，但不能太短。山东朋友和私塾老夫子们爱用细斑竹烟杆，铜锅铜嘴，烟杆特别加长，有的能长到五六尺。山东铺子的大掌柜，坐在柜台内摆谱，有学徒点烟；私塾老夫子有学生可以代劳，烟杆还可以当教鞭用。火柴盛兴以后，吸者可以先划着火柴，插在烟锅内，令其自燃，否则自己无法点烟。烟袋荷包不太讲究，最好的用蓝黑色绸子做成抽口长荷包，面钉飘带两条，上压蝙蝠形或轱辘钱，也有就用一个圆钱的。用丈绳抽口，绳端缀一荷包坠，有的用玉钱或一小古铜镜，或用当五百、当千的大钱，也有坠个搬指的，没有一定，只以能别在腰带上便成。吸完烟后,烟袋放进荷包,用大绳双挽缚紧,使"拔烟袋的"不易偷去。

还有一种山西人使用的当地特制烟袋,锅嘴杆相连在一起,完全为铜质,上雕花纹,长约一尺二上下,烟锅背后成斜面,容量非常小,名曰"一口香",随装随点,随吸随吹,不必用力磕烟袋。

乙、吸潮烟和斯文一点吸叶子烟的,烟具更细致一些。烟袋用细乌木杆,长一尺半上下,烟锅烟嘴和旱烟袋差不多,只锅身、嘴身稍长一点,烟嘴质地更好一点而已。这种烟袋荷包非常讲究,形式做成上小下大,中间轧腰的葫芦形,要掐成百摺抽口。材料要用上色的,像大红、枣红绸缎,外压金边,中间有的做平金花纹,或堆砌凸花,或钉小线,做出汉瓦古篆或花纹来。如果纱质荷包面,可以用彩绒做出戳纱花来。抽口绳要用"红记捻"(拴翎子用的),荷包坠都用扇坠一类秀小的玉器,配上绿嘴黑杆,真是古色古香。所以有人把它挂在衣服外面凉带上,确是一件好装饰品。

丙、水烟袋。完全为铜制,烟嘴又高又弯,直通下部前端的水壶。水壶上插烟锅,水壶后端是盛烟的盒,旁插火纸捻。用黑记捻上下拴牢,不致提时脱落。水壶内放半壶水,不可多也不可少。吸时锅内装满烟丝，吹着火纸捻，呼噜呼噜便吸，烟烬提出烟锅，将烟灰由尾部吹出，再装再吸。手托水烟袋，扬脸吸烟，真有不可一世的神气。稍一外行，烟水吸入口内，就太难受了。普通水烟袋全高不足一尺，另有一种"仙鹤腿水烟袋"，长约四五尺，只贵族人能用，吸时须由小厮使女跪在脚凳上点烟。并且普通水烟袋也都要每天早晨洗涮，本为摆阔，自吸自涮就没意思了。

还有一种"抽节水烟袋"，烟嘴可视吸者的远近而抽长缩短。在前三十年北京的戏园里常出现这种情况，听众正坐在高凳上看戏出神时，忽然烟嘴在眼前一晃，原来是送水烟的请顾客吸烟，吸者便可不动地方地吸个三四口，并不另索烟费。在清末严厉禁绝鸦片时，天桥有一家应时而兴的水烟棚子，烟内对好鸦片烟末，以双料为号，可以随便吸食，每十口索费一大枚，也是水烟袋的一种趣闻。

卷烟及其牌号

前三十年的北京卷烟，价值颇廉。十枝装的卷烟能值三大枚铜元的已为上品，普通皆一大枚十枝，上一大枚二十枝的就算平民烟了。从前有每盒五枝装的，如"小鸡牌"、"秤人牌"、"燕子牌"、"蜜蜂牌"等，盒的形式是软纸平装，上不封口，内附蜡皮纸烟嘴五个，吸过便扔。较蜡皮纸烟嘴高一等的为竹烟嘴，不附装在烟盒内，在当时已然华贵极了。当时有两句俏皮话："窝头豆汁小鸡烟，末儿茶叶蜜蜂儿烟"，可见五枝装的卷烟如何的窘状了。那时十枝装的卷烟，有"云龙卷"、"品海牌"、"孔雀牌"、"人顶球牌"、"红锡包牌"、"单刀牌"、"金枪牌"等，最后南洋兄弟烟草公司的"飞艇牌"、"长城牌"等行销市面，卷烟种类渐趋增多。旧时二十枝装的卷烟以"双刀牌"为最普通，红色硬盒，可以开启，内附装潢精美的画片，颇吸引人。以前卷烟中的烟画，也很讲究，至今老品海牌烟中的梁山泊人，我还珍藏一套，神采栩栩如生，笔力遒劲，为后来所不及。"大前门"和"大粉包"仅属中上，售价最高的"大三炮台牌"、"加立克牌"、"土耳其牌"等，一枝香烟之资几乎与一斤面粉相等，不是一般人所敢问津的。